KAMPENWAND
VERLAG

ISBN: 978-3986600310

© 2023 Kampenwand Verlag · Raiffeisenstr. 4 · D-83377 Vachendorf
www.kampenwand-verlag.de

Versand & Vertrieb durch Nova MD GmbH
www.novamd.de · bestellung@novamd.de · +49 (0) 861 166 17 27

Text: Krinke Rehberg
Bilder: Shutterstock: NightFlower, Lativa; YesPhotographers,
Germany; nuruddean, Thailand; Natalys Fedotova, Russia; Letyi;
Gwoeii, Malaysia
Druck: CUSTOM PRINTING
Wał Miedzeszyński 217, 04-987 Warszawa, Polen

KRINKE
REHBERG

GRABKAMMER

SYLT
KRIMI

Für Sabine
Sie ist alles in oin!

ACH JA: NIEMAND IST PERFEKT!
Daher bitte ich, eventuelle Rechtschreibfehla zu
entschuldigen ...;)

»Kunst und Reichtum sind des Mörders liebste Kinder.«

Prolog

Boston, Deer Island State Prison
Februar 1990

Du hast einen Plan?«

»Setz dich hin und sei still!«, brummte Vincent Ferrara und sah sich nach den Wachmännern um, die im Besucherraum darauf achteten, dass keinem der Insassen etwas zugesteckt wurde.

»Was immer du befiehlst, Boss, ich erledige das!«

»Ich sagte, du sollst still sein!«, zischte Ferrara. Bobby Donati war ein skrupelloses Mitglied der
Patriarca Familie, und auch wenn er nicht der hellste Kopf im Clan war, zog er seine Jobs durch, koste es, was es wolle.

»Ich habe hier auf Deer Island jemanden kennengelernt. Er hat mir einen Kontakt genannt.« Vincent Ferrara rieb sein kräftiges Kinn.

Bobby Donati beugte seinen schlaksigen Oberkörper vor, um den geflüsterten Namen zu verstehen. Er nickte stumm.

»Du kommst erst wieder, wenn die Sache erledigt ist! Dann gebe ich dir weitere Anweisungen.«

»Okay, Boss!« Ohne sich umzudrehen, verließ Donati den Besucherraum.

Ferrara blieb sitzen und hing seinen Gedanken nach. Er interessierte sich einen Dreck für Kunst, aber der Coup war ideal für seine Zwecke. Er würde ein großes, öffentliches Interesse bewirken. Das war sein Freifahrtschein aus dem Knast.

Zwei Monate später entschloss sich der Staat Massachusetts dazu, das Gefängnis auf Deer Island zu schließen und die Insassen zu verlegen.

Vincent Ferrara wurde in seiner ersten Nacht im Boston State Prison von Mitinsassen eines verfeindeten Mafiaclans erschlagen.

Bobby Donati brauchte einen neuen Plan.

Kapitel 1

BOSTON, JULI 1885
MR. UND MRS. JACK

S ie haben es?«, fragte Mrs. Jack aufgeregt.

Ihr persönlicher Berater grinste selbstgefällig. Bernard Benson war die letzten Jahre in ganz Europa in ihrem Namen tätig gewesen. Die Aufträge brachten ihm finanzielle Sicherheit und er bewunderte ihre Kenntnisse über die europäische Renaissance.

Geld spielte keine Rolle für sie. Mr. Jack entstammte einer der einflussreichsten Reederfamilien Neuenglands. Der unvorstellbare Reichtum stammte von den Importgeschäften mit Pfeffer aus Sumatra. Unzählige Schiffsladungen waren seinerzeit in Salem gelöscht worden.

»Wo ist er, wann kann ich ihn sehen?«, fragte Mrs. Jack ungeduldig.

»Geduld, meine Liebe. Vorfreude ist die schönste Freude, so heißt es doch? Als Überraschung habe ich einen Niederländer von meiner Reise mitgebracht.«

Wie ein kleines Kind riss sie die Augen auf und klatschte begeistert in die Hände. Dann griff sie zu ihrem Champagnerglas, leerte es in einem Zug und warf es hinter sich. Als es auf dem Boden zerbrach, lachte sie befreit auf und sah ihn schließlich auffordernd an. »Ich pfeife auf die Vorfreude, Bernard! Was haben Sie für mich?«

Achselzuckend beugte er sich vor und flüsterte in ihr Ohr, woraufhin sie einen spitzen Schrei ausstieß.

Niemand der Umstehenden nahm von ihnen Notiz. Das riesige, im gregorianischen Kolonialstil erbaute Anwesen war besucht von illustren Gästen aus der Bostoner Gesellschaft. Unzählige Fackeln erhellten den parkähnlichen Garten und säumten die geschwungene Auffahrt. In jedem Fenster der dreistöckigen Villa brannten Petroleumlampen. In der Empfangshalle standen mehrere Männer auf einer eigens errichteten Bühne und spielten fremdländisch anmutende Melodien und Rhythmen auf ihren Instrumenten.

Die Abende bei Mrs. und Mr. Jack gehörten zu den gesellschaftlichen Höhepunkten des Jahres und eine Einladung bedeutete die Zugehörigkeit zu diesem erlauchten Kreis. Viele der Gäste bemühten sich, ihr Staunen über die exzentrische Einrichtung und Musik zu überspielen, andere waren nicht zum ersten Mal geladen und bewegten sich wie selbstverständlich durch die Räume. Die Musiker wurden für anstehende Feiern gebucht, jeder Gast wusste, dass Mrs. Jack treffsicher die zukünftigen Stars auswählte. Mitarbeiter des *Boston Globe* und *Boston Herald* waren zugegen, um über diesen Abend zu berichten und zahlreiche Fotos zu schießen.

Als Mr. Jack 1898 starb, oblag es seiner Witwe, das gemeinsame Vermächtnis zu organisieren. Sie entschloss sich, der Nachwelt Zugang zu den Schätzen zu ermöglichen und ließ mitten in Boston einen venezianischen Palazzo im Renaissancestil errichten.

Im Juli 1924 erlag Isabella Stewart Gardner, genannt Mrs. Jack, einem schweren Schlaganfall. Sie hatte ihren Niederländer noch einmal sehen dürfen.

Kapitel 2

Der September zeigte sich von seiner besten Seite. Die Sonne sandte ihre wärmenden Strahlen auf die Insel und eine Gruppe Punks schlug ihr Nachtlager am Brunnen, in dem die *Dicke Wilhelmine* sich die Füße wusch, auf. Die Bronzestatue war eines der berühmtesten Wahrzeichen Westerlands. Alle Inhaber der anliegenden Geschäfte beäugten dieses Treiben argwöhnisch. Zahlreiche Beschwerden türmten sich seit Wochen im Rathaus.

Hauptkommissarin Bente Brodersen nutzte ihre Mittagspause für einen Spaziergang am Strand. Ihre Labradorhündin Ulrike apportierte unermüdlich den geworfenen Gummiball, aber Bentes Stimmung hellte sich dadurch nicht auf. Missmutig steuerte sie den Supermarkt an und ließ Ulrike vor der Tür warten. Erst an der Kasse realisierte sie, dass die auf dem Band liegenden Produkte vor allem eines waren: Seelentröster! Chips, Schokolade, Bratnudeln, Milchreis und Pudding wurden über den Scanner gezogen und sie stöhnte frustriert auf. Wo war ihre Selbstdisziplin geblieben? Unwirsch schüttelte sie den Kopf. Erik fehlte ihr! Er war für drei Wochen mit seinem Schulfreund Urs auf Rucksacktour durch Norwegen, fernab von Handynetz und WLAN. Fünf lange Tage und Nächte hatte sie sich in Selbstmitleid gesuhlt, das musste aufhören! Schließlich war sie keine sechzehn mehr und jahrelang ohne Partner glücklich gewesen! Eriks Abwesenheit führte ihr deutlich vor Augen, wie abhängig sie sich von ihm gemacht hatte. Jetzt war sie froh, dem Impuls einer Suche nach einer gemeinsamen Wohnung nicht nachgegeben zu haben. Sie würde ihre Unabhängigkeit bewahren und gegen das Gefühl des Alleinseins ankämpfen! Seufzend griff sie zu der Einkaufstüte und trat ins Freie.

Erik fuhr seit Jahren mit Urs zum Wandern und dieser Urlaub war vor knapp einem Jahr gebucht worden. Obwohl gerade ihr die Freiheit in einer Beziehung so wichtig war, verletzte sie die Tatsache, nicht gefragt worden zu sein. Sie hätte abgewunken und ihm viel Spaß gewünscht, aber dann wäre es ihre Entscheidung gewesen!

In Gedanken versunken, rempelte sie einen Punker an, der am Geländer vorm Eingang lehnte. Seine Bierdose fiel zu Boden und der Inhalt spritzte auf die Stufen.

»Scheiße! Ey, Mama, Augen geradeaus!«, rief der junge Mann verärgert.

Bente traute ihren Ohren nicht und starrte ihn pikiert an.

»Die Dose war noch voll und ich hab keine Kohle für `ne neue!«, nuschelte er anklagend und sah Bente auffordernd an.

Auch wenn er offensichtlich angetrunken war, ging keinerlei Bedrohung von ihm aus. Bente atmete tief ein. Als Polizistin war sie geschult in Deeskalation.

Gerade als sie zu einer Erwiderung ansetzte, trat eine kleine, ältere Dame auf den Punker zu und las ihm resolut die Leviten: »Vorsicht, Junge!

Haben deine Eltern dir keinen Respekt vor Frauen beigebracht?«

Überrascht sah er auf die Alte mit Gehstock herab und grinste. »Was mischst du dich ein, Oma! Wenn du mir kein neues Bier kaufen willst, dann verzieh dich!«

Im nächsten Moment lag der Griff des Gehstocks um seinen Nacken und die Alte zog seinen Kopf auf Höhe ihres Gesichts. »Respekt, sagte ich! Wiederhole dieses Fremdwort für dich!«, raunte sie ihm drohend ins Ohr.

Bente stand verdutzt daneben und verfolgte, wie der Punker wie befohlen das Wort Respekt nuschelte.

Zufrieden ließ die Alte locker und stützte sich mit beiden Händen auf den Gehstock. »Geh dich waschen, du stinkst!«, murmelte sie angeekelt und tatsächlich trollte der junge Mann sich.

»Danke für Ihr beherztes Eingreifen!«, wandte Bente sich lächelnd an die alte Dame. Sie hatte diese Hilfe nicht benötigt, aber das behielt sie für sich.

»War mir ein Vergnügen! Wäre eigentlich Sache der Polizei, aber wo sind die Freunde und Helfer, wenn man sie braucht? Da spiel ich gern Hilfssheriff«, lächelte sie zufrieden und zwinkerte Bente verschwörerisch zu. Dann wandte sie sich resolut um und ging erhobenen Hauptes an der Gruppe Punks vorbei Richtung Bahnhof. Bente sah ihr verdattert nach und grinste, als sie bemerkte, dass der Stock nicht als Stütze diente.

Sie gab Ulrike ein Handzeichen, woraufhin die Hündin freudig aufsprang. Hinter dem Brunnen bog sie links in die

Stephanstraße ein, an deren Ende sich der behelfsmäßige Containerbau der Polizei befand. Höhe Hebbelweg blieb sie stehen und verfolgte gebannt die Abrissarbeiten an einer Brandruine, die dem Stadtrat seit Jahren ein Dorn im Auge war. Offenbar lag endlich die Genehmigung zur Beseitigung dieser ehemals imposanten Villa vor und Bente fragte sich, was für ein Gebäude auf dem wertvollen Baugrund errichtet werden würde. Ein riesiger Bagger hatte gestern Balken für Balken des verkohlten Dachstuhls abgetragen. Es hatte ausgesehen, als spielte der Baggerfahrer Mikado. Der Bereich um das Gebäude war wegen Einsturzgefahr abgesperrt, aber zahlreiche Kinder und Schaulustige verfolgten fasziniert von der Straße aus die Arbeiten. Ein Schaufelbagger füllte den Bauschutt unter lautem Getöse in die bereitstehenden Müllcontainer. Plötzlich stoppten die Maschinen und Bente sah einen der Arbeiter wild gestikulierend auf das freigelegte Kellergeschoss zeigen.

Kapitel 3

Bente betrat das Büro und seufzte. Ohne ihr Team wirkte der Container wie das, was er war: Ein Blechkasten mit Schreibtischen. Stirnrunzelnd sah sie sich um. Wie lange würde es noch dauern, bis sie endlich das sanierte Polizeihauptquartier beziehen konnten? Sie hatte vor zweieinhalb Jahren die Dienststellenleitung der Kripo Sylt übernommen und bei ihrer Ankunft gehofft, in absehbarer Zeit umzusiedeln. Aber im Laufe der Zeit war sie durch die räumlich bedingte enge Zusammenarbeit mit Heike, Timme und Klemme zu einer Teamplayerin geworden. Sie, die in den Jahren beim LKA in Kiel den Spitznamen *einsame Wölfin* bekommen hatte! Bente schüttelte unwirsch den Kopf. Sie hatte sich verändert. Das war nicht geplant gewesen, sondern der Verdienst der Menschen, mit denen sie den Alltag verbrachte, allen voran Erik. Im Gegensatz zu ihr besaß er einen großen Freundeskreis und liebte es, in Gesellschaft zu essen und Spieleabende zu machen. Er hatte ihr gezeigt, dass es mehr als Arbeit und Strandspaziergänge im Leben gab.

Sie stellte ihren Einkauf auf Heikes Schreibtischstuhl, lehnte sich gegen den Aktenschrank und maß mit den Augen den Container ab. Ihr eigener Schreibtisch befand sich hinter einer Stellwand, die als Sichtschutz diente. Diese Abtrennung war völlig überflüssig!

Timme war mit seiner Familie auf Sardinien, Klemme zur Reha nach einer Knie-OP an der Ostsee. Beide würden in zwei Wochen zurückkehren. Vorgestern hatte sich dann Heike krankgemeldet. Sie lag mit Fieber im Bett und Bente hatte ihr einen Topf Hühnersuppe und eine Tüte Medikamente vor die Tür gestellt. Die junge Kollegin war nur wenige Jahre älter als ihre Tochter Anka.

»An die Arbeit, mein Mädchen!«, murmelte sie Ulrike zu und schob die Stellwand Richtung Ausgang. Dann verrückte sie die Schreibtische, sodass zwei Inseln mittig im Raum standen. Klemme und Timme würden sich gegenübersitzen und Heike und sie auch. Zufrieden trat sie in die angrenzende Teeküche und warf einen Blick auf das neue Arrangement. Plötzlich wirkte der Raum viel größer und offener. Oder überschritt sie damit eine Grenze? Ihre eigenbrötlerische und manchmal schroffe Art war einer Sentimentalität gewichen, die ihr unheimlich war. Wollte sie tatsächlich ihre Rückzugsorte aufgeben, sowohl bei der Arbeit als auch im Privaten? Verärgert stampfte sie mit dem Fuß auf. Nur, weil alle um sie herum sich verdünnisiert hatten, würde sie nicht freudestrahlend auf ihre Rückkehr warten! Der Punker hatte den Nagel auf den Kopf getroffen: Sie war zu einer Mama für alle mutiert!

Innerhalb weniger Minuten stellte sie die Möbel wieder an ihren ursprünglichen Platz und setzte sich hinter die Stellwand an ihren Schreibtisch.

Als die Tür aufging und sie Hansens tiefe Stimme hörte, sprang sie auf, zügelte sich aber sofort.

»Hansen«, grüßte sie mit genervtem Unterton. Er sollte nicht denken, dass sein Besuch sie freute. Ulrike dagegen eilte schwanzwedelnd auf ihn zu.

»Was ist denn hier los? Hast du allen gekündigt?«, brummte er irritiert, während er eine Frikadelle aus seiner Tasche hervorholte.

»Frag nicht, es ist wie verhext!« Auf keinen Fall würde sie zugeben, dass sie sich allein fühlte. Dieses Gefühl war neu und sie musste selbst damit klarkommen.

»Hast du von dem Safe-Room gehört?«

»Safe-Room? Hast du einen Englisch-Kurs gemacht?«

Er grinste. »Dafür reicht mein Schulenglisch gerade noch, aber du hast recht, ich bin kein Freund von Ami-Ausdrücken!«

»Was soll ich denn nun gehört haben?«

»Beim Abriss der Brandruine sind die Arbeiter auf einen Tresorraum im Kellergeschoss gestoßen, größer als dieses Büro!« Hansen pfiff durch die Zähne. »Da war bestimmt mal ein Schatz drin!«

Bente nickte. Deshalb also die Aufregung, als sie vor einer Stunde daran vorbeigegangen war.

Ein Kollege von der Wache öffnete die Tür und berichtete: »Leichenfund im Safe-Room!«

Hansen und Bente sahen sich ungläubig an.

»Rufen Sie die KTU zum Fundort, ich mach mich auf den Weg«, wies sie den jungen Kollegen an und ignorierte Hansens bettelnden Blick.

»Willst du ihn mitnehmen oder einen alten, erfahrenen Hasen wie mich?« Er deutete auf den jungen Beamten und die unbesetzten Schreibtische.

»Brodersen, vier Augen sehen mehr als zwei und deine Leute sind alle außer Gefecht! Lass mich helfen!«

»Du hältst dich zurück, klar?«, seufzte sie ergeben und hielt ihm die Tür auf.

»Heißt das, ich bin wieder dabei?«

Bente schüttelte im Hinausgehen den Kopf.

»Nur als Aushilfe, inoffiziell, mehr ist nicht drin!«

»Die Kripo ist kein Eisladen, Brodersen!«, brummte er und strich sich nachdenklich durch den grauen Vollbart. »Können wir uns auf Berater einigen?«

»Nee, wir einigen uns auf gar nichts! Komm als Aushilfe mit oder lass es bleiben!« Damit drehte sie sich um und ging strammen Schrittes Richtung Brandruine. Grummelnd verschluckte Hansen eine Erwiderung und bemühte sich, zu ihr aufzuschließen.

Vor der Baustelle sperrten zwei Streifenwagen die Straße ab und ein Arbeiter reichte ihnen je einen Schutzhelm. »Einsturzgefahr!«, erklärte er und wies auf ein Warnschild, auf dem stand:

BETRETEN VERBOTEN!

ELTERN HAFTEN FÜR IHRE KINDER

Während sie den Helm aufsetzte, gab sie Ulrike das Kommando, zu warten, und stieg über die Schutthaufen zu den Überresten der Hausmauern. Zwei Polizisten winkten ihr zu und sie duckte sich unter dem Absperrband durch, um einen Blick auf den Kellerbereich zu werfen.

»Wir befinden uns hier auf der Decke des Safe- Rooms«, erklärte einer der Beamten. »Laut Aussage des Baggerführers handelt es sich bei diesen Mauern um ungewöhnlich starken

Stahlbeton. Er hat einige Anläufe gebraucht, um mit der Schaufel ein Loch in die Decke zu schlagen.«

Bente nahm die gereichte Taschenlampe entgegen und leuchtete in das Loch. Im Kegel des Lichts sah sie auf einen verstaubten, menschlichen Schädel. Der Raum schien, soweit Bente das im Schein der Taschenlampe erkennen konnte, leer.

»Laut Unterlagen existiert dieser Raum gar nicht!« Der Beamte reichte Bente einen Ordner.

»Das sind die Bauzeichnungen vom Amt.«

Bente entfaltete den Plan, bis ihr Standort mit dem Blick auf die Überreste übereinstimmte.

»Wir stehen jetzt genau hier!«, tippte sie mit dem Finger auf das Papier.

»Also quasi im Garten«, nickte Hansen, der neben ihr auftauchte und interessiert den Plan studierte.

An der Straße hielten Flackners Kombi und der Minivan der KTU. Kurze Zeit später balancierten mehrere Leute in weißen Papieroveralls und blauen Überziehschuhen über den Bauschutt zu ihnen. Während Flackner ungelenk und fluchend auf allen vieren das Geröll überwand, überlegte Bente, zu welchem Zweck dieser geheime Tresor errichtet worden sein konnte. Wer war der Tote und warum musste er sterben?

»Soweit ich es von hier oben beurteilen kann, liegt der Todeszeitpunkt Jahrzehnte zurück«, witzelte Flackner und leuchtete mit einem Strahler durch das Loch in der Decke.

Bente rollte mit den Augen. »Ich habe das Skelett schon gesehen, aber danke für die fachmännische Auskunft!«

»Gern geschehen! Ich brauch das Go eines Statikers, bevor ich mit meinen Leuten in die Katakomben hinabsteige. Der Vorarbeiter sagte was von Einsturzgefahr!«

Bente wandte sich an Hansen: »Kümmerst du dich?«

»Mal wieder im Dienst, Tammo?«, bemerkte Flackner.

»Was dagegen? Urlaubs- und krankheitsbedingt fungiere ich als Berater!«, erwiderte der ehemalige Dienststellenleiter angriffslustig.

»Aushilfe«, murmelte Bente leise, aber Flackners Gehör war gut.

»Vom Kripochef zum Aushilfspolizist, wenn das nichts ist!«, feixte er.

Hansen holte tief Luft, aber Bente kam ihm zuvor: »Verlegt eure Frotzeleien auf die Skatabende und konzentriert euch auf die Arbeit! Ich will wissen, um wen es sich bei dem Mann da unten handelt!«

»Woher weißt du, dass es eine männliche Leiche ist?«

»Echt jetzt, Flackner? Das Skelett dort unten steckt in einem Anzug. Zugegeben, der ist zwar stark verwittert und verstaubt, aber noch zu erahnen. Außerdem ist die Krawatte gut erhalten!«

»Okay, okay, war nur ein Test, Brodersen«, grinste Flackner. »So ein Tresor ist eine todsichere Angelegenheit!«

Bente verabscheute Witze über Todesopfer, konnte aber nicht umhin, Flackners Schlagfertigkeit anzuerkennen. Er hatte sich verändert, seit er vor einigen Monaten seine Ernährung umgestellt hatte. Die damit zusammenhängende Gewichtsabnahme schien ihn geistig zu beflügeln. Sie fragte sich, ob er an einer Art Comedy-Fernlehrgang teilnahm. Während sie überlegte, ob Witz erlernbar war, hörte sie einen Aufschrei und sah Flackner einen Geröllhaufen herunterrutschen. Als er schließlich von einem großen Balken gestoppt wurde, hielt er sich wimmernd den Knöchel und brüllte: »Scheiß Überziehschuhe!«

Bente eilte zu ihm. »Flackner, alles in Ordnung?«

»Nichts ist in Ordnung, ich habe mir den Knöchel gestaucht!«

»Bist du sicher?«

»Natürlich bin ich sicher! Ich habe Medizin studiert und es ist nichts gebrochen!« Er umklammerte mit beiden Händen den Knöchel und rief seinem Team zu: »Ruft einer von euch gefälligst mal den verdammten RTW?«

»Längst geschehen, bleib ganz ruhig sitzen, Flackner!« Bente winkte einen der Polizeibeamten heran. »Besorgen Sie eine Decke!«

Zwei Minuten später hockte Flackner, in eine knisternde, goldglänzende Notfalldecke gehüllt, inmitten des Bauschutts und fluchte lautstark über unzumutbare Arbeitsbedingungen und die Gefahr von Überziehschuhen.

Hansen hielt sein Handy am Ohr und wartete auf den nächsten freien Mitarbeiter beim Bauamt. Langsam und jeden Schritt bedächtig setzend, trat er zu Flackner. »Da ist die Strafe wohl sprichwörtlich auf dem Fuße gefolgt!«, bemerkte er mitleidlos.

Als der Notarzt eintraf und Flackner sich mit ihm über die Diagnose stritt, entfernte Bente sich, um zu telefonieren. Sie erfragte beim Amtsgericht

den Eigentümer der Ruine und wählte schließlich die angegebene Telefonnummer.

»Goldmann, Wolf und Salvati, Rechtsanwälte und Notare, was kann ich für Sie tun?«

»Kriminalhauptkommissarin Brodersen, Ihnen gehört eine Ruine in Weserland, Hebbelweg Ecke Stephanstraße?«

»Wir vertreten die Eigentümer«, räusperte sich der Mann.

»Und wer sind die Eigentümer?«

Kurzes Schweigen am anderen Ende der Leitung. »Tut mir leid, das unterliegt der anwaltlichen Schweigepflicht.«

»Bei den Abrissarbeiten wurde eine Jahrzehnte alte Leiche gefunden, im Zuge meiner Ermittlungen werde ich die Eigentümer befragen müssen, Sie können den richterlichen Beschluss abwarten, aber Ihre Schweigepflicht wird in jedem Fall aufgehoben!«

»Wir von Goldmann, Wolf und Salvati beantworten Ihnen gern alle Fragen, Frau Kommissarin.«

»Hauptkommissarin!«, korrigierte Bente lapidar.

»Einen Moment, bitte.«

Ungläubig starrte Bente auf ihr Handy, aus dem klassische Musik kam. Sie war in eine Warteschleife geschaltet worden!

»Das Bauamt besorgt einen Statiker. Der wird aber nicht vor morgen früh hier auf der Insel sein«, berichtete Hansen und sah sie fragend an.

»Gut, ich warte auf die Herausgabe des Namens vom Eigentümer ...«, grollte Bente.

An ihnen vorbei bewegte sich langsam ein Tross von vier Männern, die Flackner auf einer Trage über den Bauschutt zum Rettungswagen trugen. Der Notarzt kletterte behände vorweg und ignorierte die Anweisungen des Verletzten.

»Nichts anfassen Brodersen, ich komme so schnell wie möglich wieder«, rief Flackner mit schmerzverzerrtem Gesicht.

Bente winkte ab. »Vergiss es, du wirst ganz sicher nicht auf Krücken dieses Terrain betreten! Du bist raus!« Bente hörte

immer noch mit einem Ohr dem Gedudel in der Warteschleife zu.

»Raus? Was heißt hier raus?«

»Kümmere dich um deine Genesung, ich fordere einen
Kollegen vom Festland an!«, erwiderte Bente und konzentrierte sich auf ihr wiederhergestelltes Telefonat.

»Frau Kommissarin?«

»Hauptkommissarin!«

»Michele Salvati hier, ich grüße Sie. Wie kann ich helfen?«
Bente schluckte ihren Ärger hinunter. Was war das hier?
Die Hotline einer Telefongesellschaft?

»Herr Salvati, Sie vertreten den Eigentümer eines Hauses,
in dem eine Leiche gefunden wurde. Der Tote befindet sich
in einem geheimen Tresorraum. Was können Sie mir dazu
sagen?«

»Wie kommen Sie darauf, dass der Tresorraum geheim
ist?«

»Weil er sich außerhalb der Unterkellerung befindet und
in keiner Bauzeichnung angegeben ist.«

»Ist das nicht das Wesen eines Tresors, dass er versteckt
ist?«, entgegnete Salvati.

»Ja, solange er nicht als Grabstätte für einen Menschen genutzt wird!«

»Das ist wirklich eine schreckliche Tragödie. Da muss jemand eingeschlossen worden sein.«

Bente durchschaute die Taktik des Anwalts. Er sprach,
ohne etwas preiszugeben, um den Stand der Ermittlungen in
Erfahrung zu bringen.

»Wollen Sie damit andeuten, dass es sich um einen Unfall
handelte?«, fragte sie ungläubig.

»Gibt es denn Hinweise darauf, dass es sich nicht um einen solchen handelte?«

»Sie beleidigen meine Intelligenz, Herr Salvati!«, entgegnete sie schroff. »Soeben sagten Sie, dass dieser Tresorraum wohlweislich versteckt erbaut wurde. Damit schließe ich aus, dass Unbefugte Zugang hatten und versehentlich dort eingeschlossen werden konnten!«

Salvati schwieg. Es lag auf der Hand, dass nur wenige Personen von diesem Tresorraum gewusst hatten. Nirgendwo anders konnte ein Toter besser verwahrt werden als in einem nicht existenten Tresorraum.

»Sind Sie noch dran?«, hakte Bente nach.

»Ja.«

»Was sagen Sie dazu?«

»Sie stützen Ihre These auf Vermutungen und Spekulationen.«

Kein Zweifel, so redete ein Anwalt.

»Diese Vermutungen sind Grund genug, mit dem Eigentümer zu sprechen. Ich muss wissen, wer den Tresor bauen ließ und zu welchem

Zweck!« Bei diesen Personen würde sie ihre Ermittlungen beginnen.

Salvati räusperte sich. »Schicken Sie uns Ihre Fragen, wir werden sie weiterleiten.«

»Das reicht mir nicht!«, reagierte Bente gereizt.

»Mehr kann ich Ihnen nicht anbieten.«

»Dann werde ich die Eigentümer vorladen!«

»Frau Kommissarin...«, erwiderte er und Bente war sich sicher, dass er den Dienstgrad bewusst falsch nannte, »... es steht Ihnen natürlich frei, einen Gerichtsbeschluss zu erwirken. Bis dahin werden Sie sich mit mir als Vermittler zwischen den Parteien begnügen müssen. Auf Wiederhören.« Damit beendete er das Telefonat.

Bente wusste, dass er sie hinhalten und jeden Beschluss anfechten würde. Von ihm konnte sie keine Hilfe erwarten. Er schützte seine Mandanten, die offenbar das Licht der Öffentlichkeit scheuten.

»Und?« Hansen sah sie mit gerunzelter Stirn an.

»Aalglatt, dieser Anwalt!« Bente schüttelte den Kopf und rieb sich nachdenklich das Kinn mit Daumen und Zeigefinger. Sie ging zu dem Baggerfahrer, der etwas abseits mit seinen Kollegen auf weitere Instruktionen wartete.

»Sie haben den Tresor mit der Schaufel aufgeschlagen?«

Er nickte. »Ich wusste ja nicht, dass da ein Toter drin ist.«

»Wie schwer ist diese Schaufel?« Bente zeigte auf den Baggerarm.

»Das ist ein Tieflöffel Klasse 5, der wiegt ne gute Tonne«, verkündete er stolz. »Erst hab ich mich gewundert, dass es so viele Anläufe brauchte, ein Loch in die Kellerecke zu schlagen, aber dann hat's schließlich gekracht und ich hatte die Erklärung!« Er wies auf einen großen Klotz Beton und Bente folgte ihm zu dem einen Meter dicken Bruchstück, das der Bagger aus der Decke des Tresorraums herausgerissen hatte.

»Da sind Armierungseisen drin. Das sind spezielle Stahlmodule, sowas hab ich noch nie gesehen, und ich mach den Job seit zwanzig Jahren!«, erklärte er achselzuckend.

Bente zählte sechs jeweils zwei Zentimeter starke Matten, die in den Beton eingegossen waren. Wenn diese Betondecke des Tresorraums einer tonnenschweren Baggerschaufel standhielt, dann war die Einsturzgefahr gering oder gar nicht vorhanden. Sie konnte nicht auf einen Statiker warten! »Ich brauche eine Leiter!«, rief sie den Arbeitern zu.

»Nicht dein Ernst, Brodersen!« Hansen kraxelte vorsichtig über die Steine und blieb demonstrativ am Rand des Lochs stehen.

»Das stürzt nicht ein, oder?«, vergewisserte sie sich bei dem Baggerführer.

»Niemals!«

Bente wandte sich an Hansen: »Ich vertraue seiner Aussage, er hat tagtäglich damit zu tun! Außerdem kann ich nicht auf die Berechnungen eines Statiker warten, bis ich etwas über den Toten erfahre!«

Zwei Mitarbeiter der KTU traten neben sie und warfen einen Blick durch das Loch. »Das werden Sie brauchen!«, sagte einer und reichte ihr einen Overall, Überziehschuhe und eine Taschenlampe.

»Danke, aber die Schuhdinger lass ich weg. Ein Verletzter am Tag reicht!«, grinste sie und schloss den Reißverschluss des Overalls.

Als die Leiter sicher stand und mehrere Strahler am Rand des Einstiegs in die Tiefe leuchteten, stieg Bente vorsichtig Sprosse für Sprosse hinab. Unten angekommen, leuchtete sie in jede Ecke des gut zwanzig Quadratmeter großen Raumes. Die Wände waren verputzt, aber es gab weder Regale noch Schränke oder Schließfächer. Außer dem Toten war nichts in diesem Tresor.

Bente hockte sich vor das Skelett, das an der Wand lehnte. Sie dachte nach. Die fast sitzende Position konnte nur bedeuten, dass der Mann lebendig eingeschlossen worden war! Es musste ihm bewusst gewesen sein, dass es keine Rettung geben würde, also hatte er sich an die Wand gesetzt und auf den sicheren Tod gewartet! Fast hoffte sie, dass die Pathologie Schuss- oder Stichwunden finden würde. Alles andere bedeutete, dass dieser Mann jämmerlich verdurstet war.

Sie fragte sich, wie lange der Tote hier bereits lag. Um den skelettierten Halswirbel lag eine dicke Halskette. Sie war angelaufen und verstaubt. Das, was früher einmal ein Jackett gewesen war, hatte sich zum größten Teil aufgelöst. Nur von einigen Fasern gehalten, ragte ein ledernes Portmonee auf Brusthöhe heraus. Es musste vor Jahrzehnten in der Innentasche gesteckt haben.

Die Scheinwerfer von oben warfen bizarre Schatten und leere Augenhöhlen starrten sie an.

Von oben vernahm sie Hansens brummende Stimme: »Pass bloß auf, Brodersen!«

Sie winkte mit der Hand ab, ohne nach oben zu sehen.

»Wer bist du?«, murmelte sie und griff vorsichtig nach dem Portmonee. Im selben Moment hörte sie ein trockenes Knacken.

Kapitel 4

Westerland, Frühjahr 1991

Es war goldrichtig von dir, zu mir zu kommen, schließlich sollte es in der Familie bleiben.« Die rauchige Stimme des Capos war verbindlich, hatte aber einen bedrohlichen Klang.

Niemand widersprach dem Capo und er würde es auch nicht tun. Wohl war ihm bei der Sache nicht, schließlich hatte seine Loyalität der Ferrara-Familie gegolten, aber nach Vincents Tod war der Clan führerlos gewesen und von anderen Clans, die wie die Hyänen darauf gewartet hatten, einverleibt worden. Wer nicht übergelaufen war, hatte keine Chance gehabt. Zahlreiche treue Weggefährten waren tot, dieses Schicksal würde er nicht teilen!

Bobby Donati war der Familie Ferrara treu ergeben gewesen, hatte kurz versucht, die Witwe im Kampf gegen die Übermacht der anderen Clans zu unterstützen, aber schnell aufgegeben. Kurz darauf war sie über Nacht spurlos verschwunden und niemand wusste, ob sie mit Betonschuhen auf dem Grund eines Gewässers lag oder untergetaucht war.

Er war lange genug im Geschäft, um zu wissen, wann es Zeit war, sich neu zu orientieren. Immerhin hatte er ein

Faustpfand, das er einsetzen konnte, um sein Überleben zu sichern. Männer vom Hafen, die keinem Clan angehörten, hatten diese Lebensversicherung hergebracht. Niemand wusste davon, nur deshalb atmete er noch.

»Wann kommt der Niederländer?«, fragte der Capo ernst und unaufgeregt, aber Donati bemerkte die Anspannung in seiner Stimme. Demonstrativ sah er auf seine goldene Armbanduhr, ein Geschenk von Vincent Ferrara zu seinem dreißigsten Geburtstag. »Der Wagen müsste jeden Moment vorfahren.«

Die Übergabe war der Schwachpunkt des Plans. Für einen kurzen Moment würde er vollkommen schutzlos sein. Aber letzten Endes musste er dem Capo vertrauen. Schweigend warteten sie. Bobby Donati brach der Schweiß aus, als der Capo ihn von oben bis unten taxierte und tief seufzte.

»Warum so nervös?«, fragte er, wartete aber keine Antwort ab. »Du bist auf uns zugekommen, das werden wir dir nicht vergessen, Bobby.«

Donati lächelte erleichtert und der Capo nickte ihm augenzwinkernd zu. »Komm mit, ich zeige dir ein Geheimnis.«

Gefolgt von dem Leibwächter des Capos stiegen sie die Treppe hinunter in das Kellergeschoss.

»Hier wird der Niederländer sicher sein«, raunte der Capo ihm zu, als sie vor einer großen Tresortür ankamen.

»Das ist das Geheimnis?«, fragte Donati und wusste plötzlich, dass er verloren hatte. Niemand, der die geheimen Verstecke und Tresore der Clans kannte, überlebte mit diesem Wissen. Er spürte den Lauf einer Pistole im Rücken, als der Capo die großen Griffe an dem Tresorrad nach links drehte und die schwere Stahltür aufzog.

Innen schaltete sich automatisch die Deckenbeleuchtung ein und Donati staunte über die Größe des Tresorraums, als er von den Schlägen des Leibwächters zu Boden ging.

»Ciao, Bobby!«, grinste der Capo und die große Tür schloss sich mit dem satten Klang von dickem Stahl.

Sein Geschrei war durch die siebzig Zentimeter dicke Stahltür ebenso wenig zu hören, wie die Schüsse, die im Kellerflur fielen.

Kapitel 5

Gebückt und mit gesenktem Kopf erreichte Bente die Leiter. Sie nahm immer zwei Sprossen auf einmal und hörte ihr Herz hämmern. Erst als sie den Kopf durch das Loch steckte, bemerkte sie ihren Irrtum. Der Tresorraum stürzte nicht zusammen. Das Geräusch musste eine andere Ursache haben. Hansen sah sie irritiert an. »Gibt's da unten Ratten oder wieso bist du wie von der Tarantel gestochen geflüchtet?«

»Da war ein ganz deutliches Knacken, ich dachte tatsächlich, die Decke stürzt ein!«, stöhnte Bente und atmete tief durch.

»Hier war nichts zu hören«, schüttelte Hansen den Kopf.

Als sie mit der Taschenlampe zur Leiche schwenkte, sah sie den Grund ihrer Panik. Der Totenschädel war von den Halswirbeln gefallen, wahrscheinlich hatte sie das Skelett ungewollt mit der Schulter gestreift.

Obwohl der Anblick grotesk war, grinste sie erleichtert. »Ich brauche Plastikbeutel! Der Tote hatte ein Portmonee und eine Armbanduhr bei sich, als er eingeschlossen wurde. Vielleicht verrät uns das seine Identität!«

»Du willst da nochmal runter?« Hansens Sorge rührte sie, aber sie wischte seine Bedenken mit einer ungeduldigen Handbewegung beiseite und nahm die gereichten Beutel von dem Kollegen der KTU.

»Natürlich! Es war falscher Alarm, also beruhige dich!« Vorsichtig stieg sie die Leiter wieder hinunter und trat zu dem Toten. In Zeitlupentempo beförderte sie das Portmonee in einen Plastikbeutel. Als sie mit spitzen Fingern den Verschluss der Armbanduhr öffnete, fielen mehrere Handknochen zu Boden. Ein Schaudern überlief sie. Sorgsam darauf bedacht, nicht noch mehr Schaden anzurichten, kroch sie einen Meter rückwärts und erhob sich schließlich langsam.

Jeder Luftzug schien das fragile Skelett zu gefährden.

Sie öffnete den Reißverschluss des Overalls und holte ihr Handy aus der Hosentasche. Nachdem sie zahlreiche Fotos vom Raum und dem Toten gemacht hatte, kehrte sie an die Oberfläche zurück.

»Diese Aktion war gegen die Vorschriften, Brodersen!«, brummte Hansen.

»Dünnes Eis, mein Lieber! Allein deine Anwesenheit ist gegen die Vorschriften!«, konterte Bente.

Sie wandte sich an den Mitarbeiter der KTU, der das Portmonee auf einem kleinen Alutisch mit einer Pinzette öffnete und einen amerikanischen Führerschein aus einem der Fächer zog. Er wischte mit einem weichen Tuch den Staub ab.

»Ausgestellt auf den Namen Robert Donati«, las er vor. »Am 13. Januar 1990 in Boston.« Nacheinander beförderte er mehrere Kredit- und Kundenkarten auf eine Plastikmatte. Dann öffnete er das Geldfach und drehte das Portmonee um. Mehrere US-Dollarmünzen und eine Bordkarte fielen heraus.

»Glück muss man haben«, murmelte er und zeigte auf die Karte der Fluggesellschaft. Deutlich war das Logo PANAM erkennbar. »Leider sind die anderen Daten verblasst, aber der Zielflughafen ist noch zu erahnen. Das sieht nach HAM, also Hamburg aus, oder?«

»Dann steht zumindest fest, dass Mr. Donati vor 1992 hier bei uns auf Sylt angekommen ist«, verkündete Hansen.

Bente staunte. »Woher ..?«

»*Pan American Airlines* fliegt seit Oktober 1991 nicht mehr«, erklärte er stolz. »Ich habe neulich im Fernsehen eine Doku über Fluggesellschaften, die es nicht mehr gibt, gesehen.«

»Das nenn ich mal Berufsschulfernsehen!«, grinste Bente. »Wir brauchen Ersatz für Flackner. Ich frag mal in Husum an, ob heute noch jemand rüberkommen kann.«

Nachdem sie von dem Dienststellenleiter aus der Kreisstadt die Zusage, dass umgehend ein Gerichtsmediziner auf die Insel kommen würde, bekommen hatte, behielt sie das Handy nachdenklich in der Hand. Schließlich sprang sie über ihren Schatten und wählte die Nummer von Georg Wissner, ihrem ehemaligen Kollegen beim LKA in Kiel. Als er nach dem zehnten Klingeln nicht abnahm, wechselte sie ins Mailprogramm und schrieb ihm, dass sie Tammo Hansen als Unterstützung in einem Mordfall zurück in den Dienst holen wolle und einen Vertrag brauche.

Sie schickte die Mail ab und seufzte erleichtert auf. Es war richtig, Hansen einzubeziehen, auch wenn sie sich das Gegenteil geschworen hatte. Sein ständiges Herumlungern an seinem alten Arbeitsplatz ging ihr auf die Nerven, aber er verfügte über zahlreiche Kontakte zu den Einheimischen.

Außerdem mochte sie ihn, was nicht zuletzt seiner Vernarrtheit in Ulrike geschuldet war.

Dieser Fall schrie förmlich nach Recherche- Arbeit, und da weder Klemme noch Timme verfügbar waren, brauchte sie ihn. Die Alternative, einen Kollegen vom Festland anzufordern, hatte sie spontan verworfen. Es fiel ihr schwer, sich mit Fremden zu arrangieren, und das erschwerte die Zusammenarbeit. Sie kehrte zurück zu den Männern und zwinkerte Hansen zu. »Wenn wir im Büro sind, musst du deinen Otto unter den Arbeitsvertrag setzen, nur zu deiner Information: In meiner Dienststelle werden die Vorschriften eingehalten!« Dann wandte sie sich an einen

Kollegen von der KTU und bat ihn, ihr zum Baggerführer zu folgen.

Die Bauarbeiter standen unschlüssig beieinander und warteten auf Instruktionen von ihrem Arbeitgeber. Bente wandte sich an die Gruppe: »Können Sie unter Anleitung meines Kollegen von der KTU den Tresorraum vorsichtig freilegen? Er darf nicht zerstört werden, kriegen Sie das hin?«

»Zur Not serviere ich Ihnen mit dem Bagger ein rohes Ei«, brüstete der Baggerführer sich.

Bente lachte anerkennend und streckte ihm einen erhobenen Daumen entgegen.

»Es muss eine Art Verbindungstür vom Keller des Hauses zu dem Tresorraum gegeben haben, oder?«, wandte sie sich erneut an die Arbeiter.

»Da war nichts! Wir haben die letzten zwei Tage das Haus vom Keller bis zum verkohlten Dachstuhl durchkämmt. Es war zwar leer, aber Türen, Zargen, die Keramik aus den Bädern und die Öltanks mussten raus, bevor der Bagger alles plattmacht«, wurde sie von einem Arbeiter aufgeklärt.

»Aber irgendwo muss es einen Zugang geben, den müssen wir finden! Vergessen Sie das mit dem Plattmachen und behandeln Sie diesen Tresorraum wie ein archäologisches Fundstück, als wäre er ein versteinerter Dinosaurier oder so!«

Die Arbeiter warfen sich amüsierte Blicke zu, aber Bente spürte ihre Aufregung über diesen besonderen Auftrag.

»Sind wir jetzt Kollegen?«

»Mir würde eine Uniform bestimmt gut stehen!«

»Das wird ein Spaß!«

Während die Männer ihre Freude nicht verhehlten, schüttelte einer von ihnen den Kopf und fragte: »Haben Sie das mit dem Chef abgesprochen? Der Bagger muss übermorgen auf ne andere Baustelle, wir müssen hier fertig werden!«

Offenbar handelte es sich um den Vorarbeiter des Trupps. Bente nickte ihm zu. »Mein Kollege klärt das, Ihr Arbeitgeber wird natürlich schadlos gehalten.« Sie würde Hansen beauftragen, den Inhaber des Abrissunternehmens zu kontaktieren und irgendwelche Formulare auszufüllen, damit das Geld für diesen außerplanmäßigen Arbeitsaufwand von der richtigen Stelle gezahlt wurde. Bis Bagger und Arbeiter in Kiel angefragt, genehmigt und bereitgestellt waren, konnten Tage oder gar Wochen vergehen. Die Chance, nach all den Jahren verwertbare Spuren zu entdecken, war zwar gering, aber einen Versuch wert.

»Gut, dann an die Arbeit, Leute!«, klatschte der Vorarbeiter in die Hände.

»Und was machen wir mit der Leiche?«, fragte Hansen.

»Wir warten auf das Gutachten vom Statiker. Ich will nicht dafür verantwortlich sein, wenn etwas passiert. Zumindest haben wir die Personalien, damit können wir anfangen.«

»Laut Stadtverwaltung stand das Gebäude seit Jahrzehnten leer. Der Abriss wurde auf Drängen des Bauamts Westerland durchgeführt. Die Eigentümer haben den Bescheid angefochten und der Prozess hat sich über Jahre gezogen!« Hansen hatte einen guten Draht zu einigen Beamten im Rathaus und telefonisch Informationen erhalten.

Bente nickte. Das passte zu ihrem Gespräch mit dem Frankfurter Anwalt. »Wieso lässt jemand ein Haus in dieser exponierten Lage einfach verfallen?«

Er zuckte mit den Achseln. »Unter Robert Donati gibt's im System keinen Treffer. Wir müssen ein Amtshilfeersuchen an die Behörden in den USA stellen, um etwas über ihn in Erfahrung zu bringen!«

Bentes Handy klingelte, die Nummer auf dem Display war ihr unbekannt. Während sie dem Anrufer aufmerksam zuhörte, starrte sie Hansen fassungslos an, riss die Augen auf und runzelte die Stirn. Er beobachtete sie neugierig, aber sie stellte nicht auf Lautsprecher. Schließlich nahm sie das Handy vom Ohr.

»Wer war das?«

»Das glaubst du nicht!«, stöhnte sie fassungslos.

Kapitel 6

Eine dunkle Limousine mit Hamburger Kennzeichen fuhr auf den Autozug nach Westerland.

»Und wer war dieser Bobby Donati?«, fragte der Mann auf dem Beifahrersitz.

Lauritz zuckte mit den Achseln. »Ein kleiner Fisch aus dem Ferrara-Clan.«

»Den gibt's noch?«

»Eigentlich nicht, aber das Gerücht, dass er im Untergrund agiert, hält sich hartnäckig.«

Mit der Entdeckung von Donatis Leiche auf Deutschlands Insel der Schönen und Reichen gab es endlich einen ersten Hinweis auf den Verbleib des Familienschatzes dieses einst mächtigen Clans. Er musste eine Spur finden, um da ran zu kommen.

Niemand verschwand für immer von der Bildfläche. Irgendwann und irgendwo tauchte jeder wieder auf.

»Und wen suchen wir genau?«

»Denjenigen, der die Fäden in der Hand hält.«

Donati war damals die Schlüsselfigur in der ganzen Geschichte gewesen und jetzt war seine Leiche gefunden worden. Lauritz sah gedankenverloren aus dem Fenster. Es musste Flut sein, das Wasser reichte bis an den Damm. Sein Begleiter war jung und gierte nach Anerkennung, aber er würde nicht mehr lange leben. Im Erfolgsfall sollte es keine Mitwisser geben. Natürlich war auch er in Gefahr, aber er hatte sich abgesichert. Allerdings wusste er nicht, wohin diese Reise führen würde. Jedenfalls hatte niemand diese alte Villa in Westerland auf dem Schirm gehabt.

»Und er wurde tatsächlich in einem Tresor eingeschlossen?« Ungläubig schüttelte der junge Mann den Kopf. »Wem gehört der Kasten denn?«

»Die Nazis haben den Tresorraum in den Dreißigern gebaut. Die Villa gehörte einem von Hitlers Generälen«, wich er der Frage geschickt aus. »Wahrscheinlich wurden enteignete Kunstschätze dort in Sicherheit gebracht.«

»Und in wessen Besitz ist das Haus heute?«

Lauritz stöhnte lautlos auf. Sein Begleiter stellte zu viele Fragen. »Uns interessiert, wann und mit wem sich Donati dort aufhielt. Alles andere ist egal, verstanden?«

»Klar!«

In Westerland setzte er ihn vor einem Hotel am Bahnhof ab und fuhr weiter in das Fünf-Sterne-Resort, wo von der Kanzlei ein Zimmer für ihn reserviert war.

Noch bevor er seinen Koffer auspackte, zog er die Vorhänge zu und loggte sich ins WLAN ein. Die erwartete Mail war eingegangen. Im Anhang befand sich eine Datei mit einem Auszug aus dem Einwohnermelderegister von Westerland. Leute aufzuspüren, die untergetaucht waren, stellte eine Herausforderung dar, die ihn reizte. Er fertigte eine Liste mit den in Frage kommenden Personen an und spürte das Kribbeln am Haaransatz. Wie ein Schweißhund nahm er die Witterung auf. Die nächsten Tage würde er beobachten, sondieren und die Liste ausdünnen, bis die Zielperson feststand. Seine Augen flogen über die Liste und er konnte sie bereits auswendig aufsagen. Wer von ihnen war der Gesuchte? Sein Auftrag lautete, den Niederländer ausfindig zu machen und ihn unversehrt zu übergeben. Selbstgefällig grinste er seinem Spiegelbild zu. Er war der Meister des Untertauchens und kannte alle Schwachstellen einer neuen Identität. Deshalb war er beauftragt worden! Aber die ganze Geschichte um den Niederländer war längst verjährt und darin lag seine Chance. Niemand würde ihn jemals aufspüren, er hatte alles vorbereitet.

Sein Handy klingelte. Das Büro der Kanzlei aus New York.

»Ja!«, meldete er sich knapp und hörte dann konzentriert zu.

»Okay, sobald ich ihn habe, melde ich mich. Ihr kümmert euch darum, dass bei dem Flug keine Fragen gestellt werden?« Lauritz wusste, dass die Kanzlei über Mittel und Wege verfügte, die Sicherheitsvorkehrungen eines Transatlantikflugs zu umgehen. Die erwartete Zusicherung kam ohne Zögern, dann wurde das Telefonat ohne Gruß beendet.

Er öffnete das Fenster und sog die salzige Luft tief in seine Lungen. Hoffentlich war die Zielperson nicht mittlerweile verstorben. Die Familie hatte eine offene Rechnung mit ihr und es war wichtig, dass ein Exempel statuiert werden konnte. Abschreckung zählte zu den wirksamsten Mitteln, die Angst präsent zu halten. Nichts gab den Clans mehr Macht als die allgegenwärtige Sorge um das eigene Wohl und das der engsten Verwandten. Lauritz genoss den Ruf, gnadenlos zu sein.

Kapitel 7

Bente und Hansen saßen im Büro. Seit dem Telefonat waren sie zur Untätigkeit und zum Warten verdammt.

»Wie können die so schnell davon Wind bekommen haben?«, brummte Hansen. »Das hab ich in all den Jahren nicht erlebt und ich hätte es auch nicht für möglich gehalten!«

Bente hob resigniert die Schultern. Sie war nicht weniger verärgert als ihr Vorgänger, aber vor allem stellte sie sich die Frage, durch welche Kanäle die Nachricht von dem Fund der Leiche geflossen war. »Wir haben gerade einmal eine dreiviertel Stunde von seiner Identität gewusst und schon meldet sich das BKA und nimmt uns den Fall weg.« Sie schüttelte den Kopf.

»Wenn das BKA übernimmt, sind wir komplett abgeschrieben.« Hansenstreichelte gedankenverloren Ulrikes Ohren.

»Ich habe weder dem Anwalt noch Wissner gegenüber den Namen Robert Donati geäußert, beziehungsweise in der Mail geschrieben. Also kann es nur die Personenabfrage im System gewesen sein, die das BKA auf den Plan gerufen hat«, seufzte Bente.

»Vielleicht steht Robert Donati ganz oben auf irgendeiner internen Fahndungsliste.« Hansen fuhr sich mit den Fingern durch seinen grauen Vollbart.

»Zu der die Polizei keinen Zugriff hat? Gibt's sowas?« Sie wählte erneut Wissners Nummer, vielleicht wusste er etwas.

Schon bei der Begrüßung spürte sie, dass etwas nicht stimmte. Trotzdem legte sie ihm den Fall dar und schloss mit der Frage: »Weißt du, weshalb das BKA sich eingeschaltet hat?«

»An deiner Stelle würde ich die Sache auf sich beruhen lassen. Kümmere dich um Taschendiebstähle am Bahnhof, aber misch dich da nicht ein.«

»Das ist dein Rat? Was ist los, stehst du unter Druck? Das alles stinkt doch zum Himmel!«, ereiferte Bente sich.

»Ich habe zu tun, sorry. Du bist raus und das solltest du im Interesse deiner Karriere beherzigen, mehr kann ich dir nicht sagen!« Damit legte er auf. Fassungslos starrte sie auf das Handy in ihrer Hand. Wissner hatte genau das Gegenteil mit seinem gutgemeinten Rat bewirkt. Jetzt wollte sie erst recht wissen, worum es in diesem Fall ging!

Hansen starrte an ihr vorbei und murmelte leise: »Uns bleibt nicht viel Zeit, bis die Kollegen aus Wiesbaden hier eintreffen. Bis dahin sollten wir noch einmal diesen Tresorraum inspizieren.«

»Du hast recht, es ist meine Aufgabe, den Fundort der Leiche so an das BKA zu übergeben, wie wir ihn vorgefunden haben! Uns bleibt noch eine Galgenfrist, also lass uns die nutzen!«, grinste sie. Offenbar brannte auch er darauf, mehr über diesen Fall zu erfahren. Sie würden nicht aufhören, weiter zu ermitteln.

»Kopiere den Inhalt der Brieftasche und dann los!«, forderte sie ihn voller Tatendrang auf.

Irgendwie schweißte dieser Fall sie zusammen. Bente verstieß gegen die Anweisungen ihrer

Vorgesetzten aus Kiel und Wiesbaden, und ausgerechnet ihr pensionierter Vorgänger war an ihrer Seite.

»Ich habe mich schon lange nicht mehr so lebendig gefühlt!«, rief er aufgeregt und Bente fragte sich, ob auch sie irgendwann dem Polizeidienst nachtrauern würde. Irgendwie hatte seine Euphorie einen tragischen Beigeschmack, zeigte sie doch, wie wenig sein Rentnerdasein ihn ausfüllte!

Eine viertel Stunde später kletterten sie über den Bauschutt an der Abrissstelle. Bente informierte die Kollegen von der KTU und die Bauarbeiter über die neue Situation. Sie mussten ihre Tätigkeiten unverzüglich einstellen. Das BKA würde ihnen neue Instruktionen geben. Überrascht hob einer der Kollegen die Augenbrauen. »Das Bundeskriminalamt übernimmt den Fall?«

»Ja, habt ihr etwas gefunden?«

»Bisher nichts, aber wir sind vorangekommen.

Der Tresorraum ist fast freigelegt.«

Bente reichte ihm die Brieftasche von Robert Donati. »Die gehört zu den Fundsachen des Toten. Wir sind nicht mehr zuständig.«

Er nickte bedauernd und raunte ihr zu: »Es stellt sich die Frage, wo der Zugang zum Tresorraum war.«

»Ja?«, hakte Bente interessiert nach.

»Zwischen dem Tresorraum und dem eingezeichneten Keller liegen zwei Meter Erdreich.«

Bente runzelte die Stirn. »Das heißt?«

»Es muss eine Verbindung von der Villa gegeben haben, die nicht mehr existiert!«

»Moment, das bedeutet, dieser Gang wurde zugeschüttet?«

»Nein, es muss ein richtiger Abriss vonnöten gewesen sein. Ein einfacher Tunnel zum Tresorraum ist nicht vorstellbar, er müsste mannshoch gewesen sein, um die schwere Tür öffnen zu können und das erfordert eine gewisse Statik.«

»Warum sollte jemand diesen immensen Aufwand betreiben?«, fragte Bente und gab sich die Antwort selbst. Um einen Toten verschwinden zu lassen! Sie wandte sich an die Umstehenden:

»Alle verlassen das Gelände bis zum Eintreffen des BKA, dann sehen wir weiter!«

Hansen war zu den Kollegen im Streifenwagen gegangen, um die Bewachung des Leichenfundortes anzuweisen. Als er zurück zu Bente kam, sah er sie ernst an und verkündete:

»Ich werde diesem Robert Donati noch einen letzten Besuch abstatten und mich dort unten umsehen! Keine Widerrede, Brodersen! Mich können sie nicht feuern!«

»Das ist kein Spaß, Hansen! Ich verlange Erklärungen, wenn ich von einem Fall abgezogen werde!«, stöhnte Bente verärgert. »Ganz ehrlich, was hättest du gemacht, wenn das in deiner Dienstzeit passiert wäre?«

Kopfschüttelnd sah er sie an. »Ich hätte ganz sicher nicht meine Karriere dafür aufs Spiel gesetzt!«

Bente reagierte überrascht. »Aber du hast mir doch diese Idee eingepflanzt!«

»Deshalb bleibst du auch hier oben und versuchst, mich zurückzuhalten!«

Sie lachte verzweifelt auf. »Fürs Protokoll: Ich verbiete Tammo Hansen ausdrücklich, die Leiter in den Tresorraum hinunterzusteigen!«

Er nickte vielsagend und ging zu dem Loch, aus dem die obersten Sprossen der Leiter ragten.

»Hansen!«, mahnte Bente besorgt. »Du gehst auf die Siebzig zu!«

»Hilde jagt mich zweimal im Jahr die Leiter hoch, um die Dachrinnen zu säubern, das ist nichts anderes! Ich bin sozusagen im Training«, grinste er.

»Egal, wenn einer von uns da runtersteigt, dann ich!«

»Lass gut sein, Brodersen. Du riskierst deine Karriere nicht vor meinen Augen! Mir kann nichts geschehen. Außerdem will ich endlich mal wieder was Sinnvolles tun«, seufzte er.

Bente schluckte. »So schlimm?«

»Schlimmer! Da hab ich jahrelang auf den Ruhestand hingefiebert und dann hat es keine Woche gedauert, bis ich jeden einzelnen Morgen aufgewacht bin und mich zurück in den Dienst gewünscht habe!«

Seine Offenheit überraschte sie. Hinter der brummbärtigen Art versteckte sich ein großes Herz, das wusste sie seit Langem, aber diese Traurigkeit überforderte sie. Hansen brachte ihr ein großes Vertrauen entgegen, aber Empathie gehörte nicht zu ihren Stärken. Für emotionale Ratschläge war Heike zuständig. »Ich kann's trotzdem nicht ausstehen, wenn du einfach so ins Büro hereinplatzt, als wärest du immer noch der Chef!«, platzte sie heraus und rollte mit den Augen.

»Ich dich auch, Brodersen!«, lachte er und stieg die Leiter hinab, während Bente mit dem Strahler den Raum ausleuchtete. Auf die Bereiche, wo das Licht nicht hinkam, richtete Hansen seine Taschenlampe. Die kahlen Wände verbanden sich nahtlos mit dem Boden und der Decke, als wäre dieser riesige Tresor aus einem Guss.

Stöhnend ging er in die Hocke und zerrieb die staubige Substanz vom Boden zwischen zwei Fingern, bevor er daran roch. Dann beförderte er die Probe in einen kleinen Plastikbeutel. In einer anderen Ecke des Raumes fand er einen Holzsplitter, den er in einen zweiten Beutel steckte.

»Ich mache jetzt noch eine 360 Grad Videoaufnahme, damit wir den ganzen Raum haben«, rief er hinauf zu Bente.

Auch wenn Sonnenstrahlen durch das Loch fielen, schienen die grauen Betonwände alles Licht zu schlucken. Im Lampenkegel tanzten feinste Staubpartikel in der Luft. Er drehte sich langsam um die eigene Achse und hielt dabei sein Handy auf Brusthöhe. Der Strahler warf bizarre Schatten an Wände und Boden. Als die Wand mit dem Skelett vor ihm lag, trat er aus der Mitte des Raumes darauf zu, um die Überreste von Robert Donati detailliert festzuhalten.

»Alles klar da unten?«, rief Bente.

»Alles in Ord...!« Hansen stockte. »Heilige Scheiße!«, murmelte er fassungslos.

Kapitel 8

Die Wand war vor lauter Bilder und Fotos kaum zu sehen. Alle Rahmen waren unterschiedlich. Es gab Familienfotos, Kinderbilder, Postkarten, Radierungen, Kunstdrucke und gerahmte Kalenderblätter.

Von der Decke hingen gläserne Kronleuchter, die das Zimmer in ein warmweißes Licht tauchten. Dicke Teppiche verschluckten das Geräusch der Schritte.

Dass Donati irgendwann gefunden würde, war klar gewesen. Manchmal war die Hoffnung aufgekeimt, dass er für immer und ewig dort unten in Vergessenheit geraten würde. Aber jetzt war es soweit. Der Leichenfund war bereits Thema auf den Straßen in Westerland. Die Vergangenheit würde unweigerlich an die Tür klopfen. Es war ein dunkles Kapitel gewesen und jeder der Beteiligten hatte es sich zu Unrecht angeeignet. Niemand konnte einen rechtlichen Anspruch darauf erheben, aber der Kampf würde wieder von vorn beginnen. Nur war die Ausgangsposition diesmal eine andere und wahrscheinlich war bereits die zweite oder dritte Generation darin verwickelt.

Jetzt war Aufmerksamkeit und Zurückhaltung das Gebot der Stunde.

Kapitel 9

L emke, das ist mein Kollege Brest!«, stellte sich der BKA-Beamte vor und wies mit einer leichten Drehung seines Kopfes auf den Mann neben sich. Stirnrunzelnd sah er sich in dem behelfsmäßigen Containerbau der Kripo Sylt um.

Bente sah auf die Uhr. Seit dem Anruf aus Wiesbaden waren erst drei Stunden vergangen. Die Kollegen mussten mit dem Flugzeug auf die Insel gekommen sein, was die Dringlichkeit dieses Falles unterstrich. Robert Donati war seit Jahrzehnten tot, aber seit dem Fund seiner Leiche war offensichtlich Eile geboten!

»Ihr Hund?«, unterbrach Lemke ihre Gedanken. Sie nickte. Ulrike lag unter ihrem Schreibtisch und es hatte keines Kommandos bedurft, damit sie die Ankömmlinge nicht begrüßte. Das allein genügte Bente, die Kollegen misstrauisch zu beäugen. Auf Ulrikes Menschenkenntnis war Verlass. Wie auch immer sich die Zusammenarbeit mit dem BKA entwickeln würde, es war der denkbar schlechteste Start.

»Bringen Sie uns auf den aktuellen Stand der Ermittlungen!«, forderte Lemke sie auf.

Unter anderen Umständen hätte sie sich diesen Befehlston verbeten, aber jetzt atmete sie tief ein, schluckte eine Erwiderung herunter und zählte im Telegrammstil die Fakten auf: »Abriss der Brandruine, Baggerführer stieß auf Stahlbetondecke, Blick auf skelettierte Leiche, Abstieg mittels Leiter zum Toten, offensichtlich Tresor, nicht auf Bauzeichnungen, Armbanduhr und Portmonee bei Leiche sichergestellt, Identifikation über Ausweispapiere, polizeiintern kein Treffer im System bei dem Namen Robert Donati, Anruf aus Wiesbaden, das war's.« Sie verschwieg die Kopien der Ausweispapiere und Hansens Aufenthalt im Tresorraum.

Lemke starrte sie verblüfft an, hatte aber nichts auszusetzen. »Wie weit ist die KTU mit der Obduktion?«

»Wir warten auf einen Statiker, der den Tresor freigibt. Unser Gerichtsmedziner fällt aufgrund eines Sturzes auf der Baustelle aus, aber Ersatz aus Husum ist auf dem Weg, mit der Bahn«, erwiderte Bente und lächelte ihn beflissen an.

»Den können Sie direkt zurückfahren lassen, wir haben unsere eigenen Leute«, bemerkte Lemke.

»Besteht diese Abteilung nur aus Ihnen beiden?« Er wies mit dem Kopf zu Hansen, der sich an Heikes Schreibtisch gesetzt hatte.

Auf keinen Fall wollte Bente das BKA mit der Nase darauf stoßen, dass sie mit dem alten Hansen einen pensionierten Kripobeamten rekrutiert hatte.

»Urlaub und Krankmeldungen, drei Kollegen sind nicht anwesend.«

Obwohl sie sich durch das Abziehen von diesem Fall persönlich angegriffen fühlte, siegte ihre Neugier. Wenn sie trotz einhundertprozentiger Aufklärungsquote nicht qualifiziert genug schien, den Mörder von Donati zu ermitteln, dann wollte sie zumindest alles dafür tun, an Informationen zu kommen. »Weswegen ist Robert Donati ein Fall für Sie? Wer war er?«, fragte sie geradeheraus.

Lemke und Brest starrten sie ausdruckslos an und schwiegen.

Bente starrte zurück, bemühte sich dann aber, zu lächeln. Sollten die beiden doch denken, was sie wollten, sie würde sich dumm stellen, um ihr Ziel zu erreichen.

»Noch wissen wir nicht, ob es sich um die fragliche Person handelt, das wird die Obduktion klären. Alles Weitere liegt nicht in Ihrer Zuständigkeit.« Lemke hielt sich wie erwartet bedeckt.

»Ich dachte, wir ziehen alle an einem Strang«, seufzte Bente enttäuscht.

»Das tun wir, Hauptkommissarin Brodersen, aber ich muss Ihnen nicht den strukturellen Aufbau erklären, oder? Sie unterstehen der Landespolizei, wir haben Ihre Vorgesetzten in Kiel unterrichtet, dass dieser Fall von uns übernommen wird. Schuster bleib bei deinen Leisten, so heißt es im Volksmund«, reagierte Lemke überheblich.

Bente platzte der Kragen. »Sie halten sich also für die Polizeielite und uns für das Fußvolk?«

»Das ist allein Ihre Interpretation«, erwiderte er achselzuckend.

Brest wandte sich an Bente: »Sie haben keine abgetrennten Büros?«

»Ja, wegen Sanierungsarbeiten an dem eigentlichen Polizeigebäude sind wir vorübergehend in diesen Containern untergebracht.«

Brest öffnete die Tür zu dem angrenzenden Container, der als Besprechungsraum diente, und nickte Lemke zu. »Das müsste gehen.«

Bente wusste, worauf das hinauslief. Die beiden benötigten ein Büro. Zwar würde sie zumindest räumlich nah an den Ermittlungen sein, aber der Gedanke, ihnen ständig über den Weg zu laufen, ließ sie schaudern.

Lemke war zu Brest getreten und verkündete:

»Wir werden diesen Raum vorübergehend als Einsatzzentrale nutzen!«

»Gern geschehen!«, nickte Bente und grinste sarkastisch. »Meine Dienststelle gehört Ihnen!«

»Nichts anderes habe ich erwartet, Frau Hauptkommissarin, schließlich ziehen wir alle an einem Strang, nicht wahr?«, reagierte Lemke herablassend.

Bente war versucht, ihrem Ärger Luft zu machen, beherrschte sich aber. Sie konnte dieses Kräftemessen nur verlieren, in letzter Instanz würde das LKA ihr entsprechende Weisungen erteilen. Sie nickte ihm zu und bemerkte seinen Blick unter ihren Schreibtisch.

»Ich bin allergisch, der muss weg!«

Die Richtlinien über Hunde im Öffentlichen Dienst waren ihr bekannt und auch wenn sie als Chefin der Kripo entsprechende Weisungen geben konnte, bedeutete eine Hundehaarallergie ein absolutes Totschlagargument.

Hansen, der bisher geschwiegen hatte, ergriff das Wort: »Ich kümmere mich um Ulrike.« Er sah Bente ernst an. Es gab keine andere Möglichkeit, aber die Wut stieg in ihr auf. Auf Lemke und das gesamte BKA, auf Wissner als vermeintlichen Freund, auf ihr Team, das nicht da war und auch auf Erik, der ohne sie Urlaub machte! Und auf Hansen, der ihr nun auch noch Ulrike wegnahm! Es war zum Heulen, aber sie würde sich nicht unterkriegen lassen!

»Komm, mein Mädchen!«, rief Hansen und sie folgte ihm schwanzwedelnd nach draußen.

Zwanzig Minuten später hatten Lemke und Brest sich behelfsmäßig eingerichtet. Durch die Blechwände hörte Bente vereinzelte Wortfetzen.

Sie saß an ihrem Schreibtisch und war immer noch wütend. Ihre Unterlippe zuckte nervös. Sie wählte Heikes Nummer und erschrak, als sie die krächzende Stimme hörte. »Du hörst dich an, als hättest du Schleifpapier zum Frühstück gegessen.«

»So fühlt es sich auch an! Ich habe von dem Tresor und der Leiche gehört. Tut mir echt leid, dass ich ausgerechnet jetzt, wo Klemme und Timme auch nicht da sind, ausfalle.«

»Vergiss es!«

»Kommst du allein klar?«

»Klar, ich bin die einsame Wölfin!«

»Nee, das warst du mal, das ist vorbei!«, korrigierte Heike. Bente hatte ihr von diesem Spitznamen beim LKA erzählt. Sie war teamunfähig gewesen und Wissner hatte eine schützende Hand über sie gehalten, weil sie die beste Aufklärungsquote vorweisen konnte. Erst hier auf Sylt war sie Teil eines Teams geworden, aber was nützte das, wenn sie jetzt doch allein im Büro saß?

»Hol dir Hansen, der freut sich!«, schlug Heike vor.

»Schon geschehen, aber ich musste ihn nicht holen, er ist mal wieder reingeschneit!«, lachte Bente.

Heike fiel heiser in das Lachen ein. »Ich freu mich für ihn! Aber erzähl mal von dem Fall, ich kann zwar nicht viel sprechen, aber zuhören geht.« Bente berichtete von Anfang an und musste schlucken, als sie bei Ulrikes Verweis aus dem Büro angekommen war.

»Kann ich etwas tun?«, fragte Heike mitfühlend.

»Hast du schon, danke für dein Ohr, aber du bleibst schön zu Hause. Ich freue mich auf deine Rückkehr, die beiden BKA-Kollegen rauben mir den letzten Nerv.«

Nach Feierabend fuhr Bente mit Ulrike hoch nach List. Sie parkte ihren Bulli mit Blick auf die Nordsee und verspeiste eine lauwarme Pizza von *Cropinos*, ihrem Stammitaliener in Westerland.

Ihr ging der Fall nicht aus dem Kopf. Sie dachte an Klemme und Timme, die ihr normalerweise die Ergebnisse ihrer Recherchearbeit lieferten. Sie nahm ihr Handy zur Hand und seufzte. Kein Netz.

»Dann eben nicht!«, rief sie gefrustet und stapfte durch den hellen Dünensand Richtung Wasser. Sie würde die Zeit mit Ulrike genießen und sich nicht in Selbstmitleid suhlen! Das Klingeln des Handys riss sie aus ihren trüben Gedanken. Auf dem Display las sie Hansen.

Weil er nur bruchstückhaft zu verstehen war, lief sie eine Düne hinauf und streckte den Arm gen Himmel. »Jetzt müsste es gehen!«, rief sie.

»Was?«

»Ich bin am Ellenbogen und habe schlechten Empfang, aber jetzt müsste es gehen!«

»Du konntest mich die ganze Zeit nicht verstehen?«, seufzte Hansen ungeduldig.

»Was, ja, nein, was ist denn?«

»Das musst du dir ansehen!«

»Was?«

»Hörst du mich?«

»Ja, was muss ich mir ansehen?«

»Mein Video vom Tresorraum! Ich habe es bearbeitet.«

»Das kannst du?«

»Ich hab nur den Kontrast und die Helligkeit verändert.«

»Und?«

»Sieh selbst, ich hab es dir gerade aufs Handy geschickt!«

Bente blickte auf das Display und sah, dass das Video geladen wurde.

»Hast du es?«

»Einen Moment, es lädt noch!«

Plötzlich spielte das Handy das kurze Video ab. Bente starrte ungläubig auf das Display. »Das kann nicht wahr sein!«

»Doch, es ist komplett verstaubt und nur als Schatten zu erkennen.«

»Ich fass es nicht!«, staunte Bente. »Wir treffen uns morgen um 10 Uhr im *Cropinos*, kein Wort davon im Büro!«

Kapitel 10

Das Brummen der Motoren war weit über der Nordsee zu hören. Die Schwärze der Nacht wurde plötzlich von Flakfeuer durchbrochen und im Schein der Blitze konnte sie die grauen Flugzeugrümpfe der *Royal-Air-Force* sehen.

Hunderte Bombeneinschläge ließen das Gebäude in seinen Grundfesten erzittern. Scheiben barsten und sie lief hastig die Treppe in den Keller hinunter. Im Flur wich sie gesichtslosen Soldaten der Reichsarmee aus. An der Uniform prangte das Hakenkreuz, und der Stechschritt in schweren Stiefeln dröhnte in ihren Ohren. Der Feind war im Anmarsch und der Schatz musste in Sicherheit gebracht werden! Schwer atmend erreichte sie die Tresortür und griff mit beiden Händen das Drehkreuz. Die Bolzen glitten aus den Führungen und endlich ließ sich die schwere Stahltür öffnen. Erleichtert stöhnte sie auf. Liebevoll strich sie über das Holz und zeichnete mit den Fingern das eingebrannte Hakenkreuz und den Reichsadler nach.

Hier herrschte absolute Stille. Die dicken Stahlbetonwände ließen den Krieg draußen.

Plötzlich leuchtete eine der Kisten von innen heraus. Binnen Sekunden kokelte das Holz und der beißende Rauch brannte in ihren Augen. Jetzt stand die gesamte Kiste lichterloh in Flammen und knisternd zerfiel das Holz zu Asche. Sie heftete ihren Blick auf den Inhalt und sah, dass die goldene Bundeslade dem Feuer standhielt. Im nächsten Moment war sie von Soldaten umgeben, die unter qualvollen Schmerzensschreien wie Wachs schmolzen.

Kapitel 11

Ich hatte einen Albtraum letzte Nacht!«, begrüßte Bente den alten Hansen, setzte sich ihm gegenüber an den Tisch im *Cropinos* und bestellte einen Pott Kaffee.

»Von Lemke?«, grinste er.

»Nee, von der Villa im Zweiten Weltkrieg und Indiana Jones, jedenfalls musste ich die Bundeslade retten!«, stöhnte Bente und schüttelte den Kopf.

»Kenn ich, *Jäger des verlorenen Schatzes* mit Harrison Ford«, lachte er in seinen grauen Bart.

»Und du warst Indiana Jones?«

»Quatsch, ich war ich. Dein Video ist schuld, dass ich von Hakenkreuzen und Reichsadlern träume!«

»Ich habe gestern auch den ganzen Abend darüber nachgedacht und …«

Bente unterbrach ihn: »Wieso ist mir das nicht aufgefallen, ich war doch auch im Tresor!«

Hansen beschwichtigte sie: »Weil es komplett verstaubt ist! Aber als ich das Video gefilmt habe, traf ein Sonnenstrahl direkt darauf und ließ es kurz durchscheinen. Aber danach konnte ich es nicht mehr erkennen und hab es als optische Täuschung abgetan.«

»Davon hast du nichts gesagt!«, reagierte Bente vorwurfsvoll.

»Um mir einen Spruch wegen Altersweitsichtigkeit einzufangen? Ich konnte es erst auf dem Video erkennen, nachdem ich mir auf you-Tube die Anleitungen über Bildbearbeitung angesehen habe, und das in Zeitlupe! Diese ganze Technik überholt mich rechts, Brodersen!«, stöhnte er verzweifelt und Bente lachte leise auf.

»Geht mir ähnlich, aber Hut ab, du hast es hinbekommen! Dieser Tresor stammt also ziemlich sicher aus der Nazizeit, aber wozu haben die den gebraucht? Und warum wurde Robert Donati, der weit nach Kriegsende geboren wurde, dort eingeschlossen?« Sie nippte an ihrem erkalteten Kaffee.

»Ich habe jemanden angerufen, der uns weiterhelfen kann«, druckste Hansen herum.

»Also, wenn du einverstanden bist, natürlich. Sie ist hundertprozentig vertrauenswürdig, dafür verbürge ich mich.«

»Komm auf den Teppich, Hansen! Wir sitzen hier privat zusammen und offiziell gibt's keinen Fall, an dem wir arbeiten!« Bente folgte Hansens Blick und sah eine ältere Dame am Brunnen vor der *Dicken Wilhelmine* stehen. Er winkte ihr zu und kurz darauf begrüßte Ulrike die Frau freudig.

»Was bist du denn für eine Hübsche«, raunte sie ihr zu und streichelte den großen Hundekopf.

Hansen war aufgestanden. »Ruth, wie schön! Danke, dass du es so kurzfristig einrichten konntest.«

»Ruth Ahrends!«, stellte er sie vor. »Das ist Hauptkommissarin Brodersen, meine Nachfolgerin.«

»Ich weiß«, lächelte die Frau, die in Hansens Alter war. Um ihr schmales Gesicht wellte sich volles, ergrautes Haar und sie sah Bente wohlwollend an. »Ihr Ruf eilt Ihnen voraus.«

»Ich habe einen Ruf?«, fragte Bente neugierig.

»Es heißt, Sie seien stur und eigenbrötlerisch, also eine echte Friesin!«

»Ich bin mir nicht sicher, ob das ein Kompliment ist!«, lachte Bente.

Ruth Ahrends hob abwehrend die Hände.

»Sylter machen keine Komplimente. Nichts Negatives über jemanden zu sagen, ist das größte Lob«, grinste sie.

Bente gefiel ihr trockener Humor. Aber warum hatte Hansen sie hergebeten? Fragend hob sie eine Augenbraue und prompt erklärte er: »Ruth war maßgeblich an der Aufarbeitung der Sylter Nazivergangenheit beteiligt. Sie weiß alles über die Geschichte der Insel im Zweiten Weltkrieg und hat Heinz Reinefarth vom Sockel gestürzt!«

Bente bemerkte die Bewunderung, die er dieser Frau entgegenbrachte und fragte interessiert: »Wer ist Heinz Reinefarth?«

»Er ist 1979 gestorben und war Bürgermeister von Westerland und Abgeordneter im Kieler Landtag«, erklärte Ruth Ahrends. »Letztendlich ist es einem Dokumentarfilm des Ehepaars Thorndike zu verdanken, dass seine Kriegsverbrechen aufgedeckt und vor allem öffentlich gemacht wurden. Auf Drängen unserer Pastorin wurde endlich eine Gedenktafel für die Opfer des Warschauer Aufstandes am Rathaus angebracht. Heinz Reinefarth war als *Schlächter von Warschau* verantwortlich für die Niederschlagung des Warschauer Aufstandes, bei dem über einhundertfünfzigtausend Menschen ihr Leben ließen. Dafür wurde er 1944 mit dem Eichenlaub zum Ritterkreuz des Eisernen Kreuzes ausgezeichnet.«

Bente schüttelte sich. »Und trotzdem wurde er Bürgermeister und Landtagsabgeordneter? Wie konnte das passieren?«

Ruth Ahrends Augen verdunkelten sich kurz, dann seufzte sie tief und erklärte: »Damals sind viele Nazis durchs Netz gefallen. Sie würden staunen, wie viele NS-Funktionäre beim Wiederaufbau des Landes einen hochrangigen Posten bekleideten! Aber Tammo, du hast mich sicher nicht eingeladen, um einen Vortrag über deutsche Nachkriegsgeschichte zu halten, oder?«

Hansen schüttelte den Kopf und sah zu Bente, um sich zu vergewissern, dass er ihr das Video zeigen durfte. Sie nickte ungeduldig und beobachtete konzentriert die Mimik von Ruth Ahrends, während sie sich das Video ansah. Auf ihrem Gesicht spiegelten sich Erstaunen und Neugier wider. »Das ist in dem ...?«

»Ja, dieser Tresorraum ist seit gestern Inselgespräch, aber wir wissen nichts über diese Villa, außer dass die Eigentümer sich von einer renommierten Kanzlei vertreten lassen und nicht in Erscheinung treten wollen«, berichtete Hansen.

Ruth Ahrends bat stumm um die Wiederholung des Videos und murmelte schließlich: »Es gab immer Gerüchte über diese Villa, aber von einem geheimen Tresorraum war nie die Rede.«

»Was für Gerüchte?«, hakte Bente interessiert nach.

»Sylt wurde damals zum militärischen Sperrgebiet erklärt, weil das Regime die Angriffe der Alliierten von der Seeseite erwartete. Hitler ließ dutzende Bunkeranlagen und Geschützbatterien entlang der Westküste von List bis Hörnum errichten. Sylt und Helgoland waren die wichtigsten Posten im Westen Deutschlands und bis dahin völlig ungeschützt.«

»Ich habe kürzlich gelesen, dass eine der Bunkeranlagen, die zwei Meter unter einer Düne verschüttet lag, bei *Sothebys* versteigert wurde«, rief Bente aufgeregt, aber leise. Mittlerweile waren zwei weitere Tische im *Cropinos* mit Frühstücksgästen besetzt.

»Ja, die Bunkeranlagen sind nach Kriegsende nicht gesprengt worden. Zum größten Teil haben die Inselbewohner das Baumaterial abgetragen, um es für den eigenen Wiederaufbau zu verwenden. Aber es gibt noch einige Überreste unter den Dünen im heutigen Landschaftsschutzgebiet.«

»Ich kenne nur den Bunker Hill in Hörnum, dort gehe ich manchmal spazieren. Allerdings ist nicht viel davon übrig.«

»Das ist bei den meisten der Fall. Kürzlich wurde ein Luftschutzbunker freigelegt, um zu prüfen, ob die Überreste als Fundament für Neubauten dienen könnten. Auf Sylt ist Bauland so rar wie Gänseblümchen am Nordpol«, lachte Ruth Ahrends. »Ein gutes Beispiel für die Integration der Bunkeranlagen ist die *Kupferkanne* in Kampen.«

Bente sah sie überrascht an. Wie ignorant war sie, dass sie nichts über die Geschichte dieses Cafés wusste? Natürlich war ihr bei den zahlreichen Besuchen dort das verwinkelte Gewölbe aufgefallen, aber dass es sich ursprünglich um einen Bunker aus dem Zweiten Weltkrieg handelte, hatte sie nicht gewusst!

»Der Flakbunker wurde damals nach der Kapitulation dem Oberstleutnant der Marine Günther Rieck als Quartier zugewiesen. Rieck war Bildhauer und meißelte Fenster in das dicke Gestein, um ein Atelier einzurichten. Nach und nach kamen Künstlerkollegen auf die Insel, um ihn zu besuchen und so entstand um den Flakbunker herum die weit über Sylt hinaus bekannte *Kupferkanne*.«

»Und was wissen Sie über die Villa?«, lenkte Bente das Gespräch zurück zu dem Fall.

»Sie diente in den Kriegsjahren einigen hohen SS-Leuten als Quartier.«

»Die SS war auf Sylt?«, fragte sie entsetzt.

»Sylt wurde zur Arbeitsinsel für viele Kriegsgefangene. Dort, wo jetzt die Polizeicontainer stehen, befand sich ein Arbeitslager für russische Kriegsgefangene, die allesamt für den Bunkerbau eingesetzt wurden.«

Bente sah fragend zu Hansen hinüber, der leicht mit dem Kopf schüttelte, um zu zeigen, dass er darüber ebenfalls nichts wusste.

»In diesen Baracken wurden die Gefangenen wie Vieh behandelt. Tausende von ihnen sind wegen Unterernährung und Erschöpfung gestorben.«

Bente schluckte trocken.

»Laut Gerüchten war der bekannteste Bewohner der Villa Martin Bormann.«

»Die rechte Hand Hitlers?«, erinnerte sich Bente an den Geschichtsunterricht aus Schulzeiten.

»Ja, er war Hitlers engster Vertrauter und galt nach Kriegsende als verschollen. Seine Leiche wurde 1972 bei Ausgrabungsarbeiten gefunden und zweifelsfrei identifiziert. Es existieren Aufzeichnungen und Zeugenaussagen, dass Martin Bormann sich persönlich von den Arbeiten an den Verteidigungsanlagen hier vor Ort überzeugte. Das war ungewöhnlich, deshalb liegt es nahe, dass er die Villa tatsächlich als Wohnort nutzte.«

Hansen schüttelte bekümmert den Kopf. »Das alles ist noch gar nicht lange her!«

»Die letzte Generation von Zeitzeugen des Zweiten Weltkrieges ist bis auf wenige Ausnahmen tot. Das bedeutet einen gewaltigen historischen Einschnitt und es muss dafür gesorgt werden, dass diese unrühmliche deutsche Vergangenheit nicht in Vergessenheit gerät«, seufzte Ruth Ahrends. »Bormann war auch für den Bau des Berghofs verantwortlich.«

Bente erinnerte sich an den Berghof, den Wohnsitz Hitlers. Die Bilder mit Eva Braun und dem Deutschen Schäferhund in den bayrischen Alpen waren ihr aus einigen Dokumentarfilmen über die NS-Zeit im Gedächtnis geblieben. Konzentriert folgte sie den Worten dieser sympathischen Frau.

»Das Auffinden dieses Tresors und die offensichtliche Verbindung zum NS-Regime untermauern die Gerüchte um Bormanns Aufenthalt auf Sylt. Als Hitlers engster Vertrauter hatte er den Bau des Führerbunkers, den Berghof und das Kehlsteinhaus persönlich überwacht. Es ist belegt, dass er 1933 eine ganze Region im Berchtesgadener Land zum Führersperrgebiet erklären ließ. Dort wurden nach Kriegsende Bunkeranlagen und unterirdische Lagerräume gefunden, die vermutlich von den Nazis konfiszierte Kunst beherbergten.«

»Der Tresorraum der Villa ist fünfundzwanzig Quadratmeter groß und hat eine Deckenhöhe von über zwei Metern. Wir haben darin keine Schätze gefunden, aber ganz sicher diente er nicht zur Aufbewahrung von Schmuck und Sparbüchern oder Bargeld«, eröffnete Bente ihr einige Details, ohne die Leiche von Robert Donati zu erwähnen.

»Nach Kriegsende wurde wohl alles außer Landes gebracht«, erklärte Ruth Ahrends.

»Um was für Kunstschätze geht es denn?«, hakte Bente ein.

»Sowas wie das Bernsteinzimmer?«

Ahrends lachte kurz auf. »Das Bernsteinzimmer ist der wohl bekannteste verschollene Kunstschatz, aber die Nazis enteigneten nicht nur Juden und Nicht-Parteimitglieder, sondern plünderten auch die Museen und privaten Sammlungen. Wagte der rechtmäßige Eigentümer, sich dagegen zu wehren, verschwand er spurlos. Über einhunderttausend Kunstwerke gelten bis heute als vermisst!«

»Du vermutest, dass dieser Tresorraum für die Aufbewahrung von enteigneter Kunst geschaffen wurde?«, brummte Hansen.

»Ja, wie du ganz richtig sagst, ist es natürlich nur eine Vermutung, aber es passt zu den

Hinweisen von Bormanns Aufenthalt auf der Insel.«

»Polizeiarbeit besteht zu einem großen Teil aus Thesen, die aufgestellt und überprüft werden, also nichts anderes als logische Schlussfolgerungen im Bereich der Vermutungen. Ich bin ganz bei Ihnen, Frau Ahrends!«, versicherte Bente.

Hansens Handy klingelte. Er nahm das Gespräch an, nickte ein paar Mal und bedankte sich. Dann berichtete er: »Die Villa wurde nach dem Krieg an die Eigentümer zurückgegeben, die sie 1951 an eine ausländische Investorengruppe verkauften.«

»Weißt du, wer sich dahinter verbirgt?«

Hansen öffnete die E-Mail-App auf seinem Handy. »Sie schickt mir gerade einen Grundbuchauszug!«

»Wer ist sie?«, wollte Bente wissen und wunderte sich nicht, dass Hansen nach Jahrzehnten Polizeidienst auf Sylt bessere Kontakte hatte als sie.

Hansen riss ungläubig die Augen auf, als er die Datei las.

Ungeduldig beugte Bente sich zu ihm, um mitzulesen, aber er kam ihr zuvor. »Eingetragen als Eigentümer der Villa ist die *La Plata Transatlantico* in Buenos Aires«, las er aus dem Grundbuchauszug vor.

»Das passt. Argentinien war Zufluchtsort vieler Nazigrößen nach dem Zweiten Weltkrieg«, flüsterte Ruth Ahrends aufgeregt.

»Eingetragen aufgrund eines Kaufvertrages der Rechtsanwalts- und Notarkanzlei Heinrich Reinefarth, Westerland.«

»DER Reinefarth?« Bentes Augen weiteten sich. Ruth nickte. »Jetzt wird ein Schuh draus!«

Bente sah sie neugierig an. »Sie haben eine Theorie?«

»Ich beginne zu ahnen, wie das abgelaufen sein könnte«, erwiderte sie und schüttelte nachdenklich den Kopf, wobei ihre ergrauten Haare ihren perfekten Sitz behielten. »Reinefarth stand in Hitlers Regime nicht in der ersten, sondern in der dritten oder vierten Riege. Er war aber durch seine Auszeichnungen kurz vor der Kapitulation bekannt genug, um nach Kriegsende Verbindungen in die alten Naziseilschaften zu knüpfen. Reinefarth hatte sich 1950 hier auf Sylt als Anwalt niedergelassen und wurde ein Jahr später zum Bürgermeister gewählt. Offenbar hat er den Verkauf der Villa an eine argentinische Bank eingefädelt.«

Bentes Augen waren zu kleinen Schlitzen zusammengekniffen. Sie konzentrierte sich. »Sie denken, hinter der argentinischen Bank stecken ...?«

»Ganz genau!«

Dass sich in den letzten Kriegstagen viele der Nazigrößen mit Reichtümern nach Südamerika abgesetzt hatten, wusste selbst Bente.

»Welchen anderen Grund könnte es geben, dass eine Bank aus Argentinien ein Haus auf Sylt kauft, zumal es um 1950 keine Anzeichen dafür gab, dass diese Insel solch astronomisch hohe Immobilienpreise hervorbringen würde, wie es aktuell der Fall ist?«, fragte Ruth Ahrends.

Bente stimmte ihr zu. Die Theorie klang plausibel.

»Und wenn die Bank doch einfach nur aus Investoren bestand?« Hansen versuchte, jede Möglichkeit in Betracht zu ziehen.

»Unwahrscheinlich«, erwiderte Ruth Ahrends.

»1951 investierte niemand in Ferienimmobilien, schon gar nicht in Deutschland.«

»Sie glauben, jemand, der wusste, dass es in dieser Villa einen unterirdischen, geheimen Tresorraum gab, hat über die argentinische Bank ...«

»... die Villa gekauft!«, führte sie Bentes Gedanken zu Ende.

»Das heißt, derjenige müsste nicht nur Kenntnis von der Existenz, sondern auch vom Inhalt des Tresors gehabt haben.«

»Das ist anzunehmen. Und bedenken Sie, wie klug der Standort gewählt ist!«

Bente und Hansen sahen sie fragend an.

»Als Insel bietet Sylt ungehinderten Zugang zum Meer. Damals war das Schiff die einzig wirkliche Verbindung von Europa nach Südamerika.«

»Was liegt da näher, als eine kleine, damals unbedeutende Insel als Versteck für einen Schatz zu wählen?«, nickte

Hansen. »Und um was könnte es sich deiner Meinung nach gehandelt haben?«

»Unsere Gedanken gehen ausschließlich in Richtung Kunst, aber es kann natürlich alles Mögliche in dem Tresor gewesen sein, geheime Dokumente, Waffen, Drogen ...«

Bente streichelte gedankenverloren Ulrikes Ohren. Der tote Amerikaner ließ sich nicht in die Theorie von Ruth Ahrends einbauen.

Hansen scrollte auf dem Display seines Handys weiter. »1990 wurde die Villa von der argentinischen Bank an den jetzigen Eigentümer verkauft, der sich von ...«

»... der Kanzlei aus Frankfurt vertreten lässt, richtig?« Bente erinnerte sich an das Telefonat mit Michele Salvati.

Hansen nickte.

Das war ungefähr der Zeitraum, in dem Donati in den Tresor eingeschlossen wurde. Stellte sich die Frage, ob von den alten oder den neuen Eigentümern.

»Dreißig Jahre sind eine lange Zeit«, sagte Ruth Ahrends nachdenklich. »Ich weiß von Beteiligten an archäologischen Ausgrabungen, dass solche Dinge wie Geheimgänge oder vergrabene Tresore über die Jahrzehnte in Vergessenheit geraten.«

»Sie meinen, dass man dem Käufer, also dieser Kanzlei aus Frankfurt, gar nicht mitgeteilt hat, dass es einen Tresor gibt?«

Sie nickte bedächtig. »Sehen Sie, solche Geheimbauten sind naturgemäß nur wenigen

Menschen bekannt. Es ist durchaus möglich, dass die Villa von der Bank verkauft wurde, ohne von der Existenz dieses Tresorraumes Kenntnis zu haben.«

»Was bedeuten würde, dass die Kanzlei ebenfalls nichts von dem Tresor gewusst haben könnte«, vollendete Hansen den Gedanken.

Bente dachte schweigend nach. Letzten Endes wollte sie den Mord an Robert Donati aufklären, wobei das strenggenommen nicht mehr ihre Aufgabe war. So abenteuerlich und historisch aufregend die ganze Geschichte auch klang, sie war offiziell aus dem Fall raus. Und dennoch schwirrten die Gedanken in ihrem Gehirn umher. Konnte Donatis Tod tatsächlich etwas mit geraubten Kunstschätzen der Nazis zu tun haben? Auf alle Fälle war die ganze Angelegenheit so wichtig, dass binnen kürzester Zeit das BKA auf der Matte gestanden und ihr den Fall entzogen hatte. Was wussten Brest und Lemke über den Tresor? Wären sie überrascht, zu hören, dass er vermutlich von Hitlers rechter Hand, Martin Bormann, gebaut worden war? Sie musste irgendwie herausfinden, ob das BKA wegen Robert Donati oder wegen des wiederentdeckten Nazitresors angereist war. Gedankenverloren starrte sie in ihren Kaffeebecher, als die Tür zum *Cropinos* aufgestoßen wurde und Klemme auf Krücken herein humpelte.

Bente sprang auf und eilte ihm zu Hilfe.

»Klemme, ich dachte du bist zur Reha?«

»War ich auch, aber ich hab abgebrochen!« Er sah Bente freudestrahlend an.

»Was heißt abgebrochen?«

»Ich hatte es satt, den ganzen Tag mit alten Leuten Wassertreten und Turnübungen zu machen. Alte Leute sind so ...«, er stutzte kurz und dachte über das richtige Wort nach. »So langsam und schwer von Begriff!«

»Vorsicht Klemme, ich bin das, was du einen alten Mann nennst!« Hansen stellte sich zu ihnen an den Tresen neben dem Eingang. Er hatte den letzten Satz gehört.

»Nee, Chef, du bist ...« Klemme legte eine Pause ein und ein Schmunzeln zog sich über sein Gesicht.

»Du bist nur langsam!«

Bente verkniff sich ein Grinsen.

»Das, was du langsam nennst, nenne ich gelassen, ein unbestreitbarer Vorteil des Älterwerdens. Du wirst schon noch dahinterkommen, irgendwann«, konterte Hansen.

»Und besonders schnell bist du grad auch nicht!« Er deutete auf die Krücken.

»Ist gut jetzt!«, ging Bente dazwischen. »Die Reha abzubrechen, ist sicher keine gute Entscheidung!«

»Keine Sorge, Chefin, der Orthopäde hat gesagt, dass ich die Übungen auch zu Hause machen kann.«

Bente schwieg. Sie war weder seine Mutter noch seine Ärztin. Klemme war ihr keine Rechenschaft schuldig.

»Ich habe auf der Zugfahrt recherchiert. Robert Donati ist Anfang der Neunzigerjahre verschwunden ...«

»Heike!«, unterbrach Bente seinen Redefluss.

Klemme sah verunsichert auf.

»Heike hat mit dir telefoniert und du bist wegen des Falls hergekommen.« Woher sonst konnte er von Robert Donati wissen?

Klemme zuckte mit den Achseln.

»Menschenskinder, du bist krankgeschrieben, Klemme!«, rief sie verärgert. Dachten Heike und er, dass sie allein mit der Situation in der Dienststelle nicht fertig würde?

»Ja, Bente, was nicht bedeutet, dass ich nicht mehr denken oder einen Laptop bedienen kann.«

Bente stutzte. »Das ist das erste Mal, dass du mich beim Vornamen nennst! Alles in Ordnung mit dir?«

Klemme runzelte die Stirn. »Kommt nicht wieder vor, versprochen, Chefin.«

»Du bist ein hoffnungsloser Fall, Klemme! Wenn wir offiziell nichts mehr mit dem Fall zu tun haben, kannst du in deiner Freizeit recherchieren, was du willst. Komm mit, wir haben schon eine Geschichtsstunde hinter uns.« Sie gingen zurück an den Tisch, wo Ruth Ahrends geduldig wartete. Hansen stellte sie und Klemme einander vor.

»Du kannst frei sprechen, Frau Ahrends gehört sozusagen zu unserem inoffiziellen Team«, nickte Bente ihm auffordernd zu.

»Also, dieser Robert, genannt Bobby Donati, ist Anfang der Neunziger mit ein paar anderen Mafiagrößen spurlos verschwunden.«

»Mafia?«, brummte Hansen ungläubig.

Klemme nickte. »Krass, oder? Donati selbst war wohl nur ein kleiner Fisch, aber die anderen waren alles Capos!«

»Capos?«

»So werden die Clanführer genannt, also innerhalb dieses Kreises. Ich habe das Archiv des *Boston Herald* durchsucht und bin auf einige Zeitungsartikel gestoßen, in denen sein Name in Verbindung mit der Ferrarafamilie auftaucht. Daraufhin habe ich das Pferd sozusagen von hinten aufgezäumt und mehrere ungelöste Vermisstenfälle von Mitgliedern dieses Clans gefunden, alle zur gleichen Zeit wie Donati. Nähere Angaben gibt's nicht, die Mafia ist nicht gerade für Transparenz bekannt«, seufzte er.

»Und du hast diese Infos aus alten Zeitungsberichten?«, fragte Bente.

»Ja, aber nur, weil ich explizit in Boston gesucht habe. Da gab es Anfang der Neunziger einen Machtkampf unter den Clans, weil es nach dem Tod von Vincent Ferrara keinen Nachfolger gab, der die Familie zusammenhalten konnte. Die konkurrierenden Clans haben sich um diesen Kuchen geprügelt und es gab viele Tote, aber auch Vermisste.«

»Du willst mir nicht weismachen, dass die Mafia hier auf Sylt agiert, oder?«, hakte Bente nach.

»Nee, das halte ich für unwahrscheinlich, aber dieser Bobby Donati verschwand zur gleichen Zeit wie mehrere Mafiabosse aus Boston und war dem Ferraraclan zuzuordnen.«

Ruth Ahrends, die Klemmes Bericht konzentriert verfolgt hatte, räusperte sich. »Ich möchte darauf hinweisen, dass die Mafia im Zweiten Weltkrieg Geschäfte mit den Deutschen gemacht hat. Es gab eine Allianz zwischen den US-Streitkräften und der Mafia, initiiert von Lucky Luciano. Er war Insasse des New Yorker Gefängnisses und hat von seiner Zelle aus die Fäden gezogen. Der ungehinderte Einmarsch der US-Truppen in seine Heimat Italien ging auf sein Konto.«

»Das klingt alles nach einem Drehbuch«, staunte Bente.

»Ich weiß natürlich nichts über die Mafia, außer dieser kleinen Anekdote aus dem Zweiten Weltkrieg, aber es zeigt deutlich, wie weitreichend deren Einfluss auf das Weltgeschehen ist, politisch wie wirtschaftlich!« Ruth Ahrends sah auf die Uhr und erschrak. »Oh, es ist schon spät, ich verabschiede mich und würde mich freuen, von Ihnen auf dem Laufenden gehalten zu werden«, wandte sie sich an Bente.

»Ich bin offiziell von dem Fall abgezogen, aber in meiner Freizeit treffe ich mich sehr gern wieder mit Ihnen. Vielen Dank!«, verabschiedete Bente sich.

Hansen erhob sich und half ihr galant in den leichten Sommermantel, den sie über den Stuhl gelegt hatte. »Ich soll dich von Hilde grüßen, das hätte ich fast vergessen!«

Lachend durchquerte sie das Restaurant und drehte sich in der Tür noch einmal um. »Liebe Grüße zurück!«, rief sie ihm zu und verschwand Richtung Maybachstraße.

»Das heißt, wir haben es mit der Mafia und Nazis zu tun?«, vergewisserte Hansen sich.

»Nein.« Bente schüttelte den Kopf. »Das ist Schnee von gestern. Vor achtzig Jahren waren die Nazis auf der Insel und vor dreißig Jahren vielleicht die Mafia. Und jetzt liegt das Skelett eines kleinen Mafiosos in einem leeren Nazitresor.«

Klemme nickte. »Aber die Anwesenheit des BKA bedeutet, dass irgendetwas an dem Fall von Bedeutung sein muss!«

Kapitel 12

Bente spazierte barfuß am Strand entlang und beobachtete Ulrike beim Baden. Die Wassertemperatur der Nordsee war innerhalb der letzten zwei sonnigen Wochen auf siebzehn Grad geklettert, aber das knöcheltiefe Wasser zwischen den Sandbänken hatte Badewannentemperatur. Die Herbstferien begannen in einer Woche, dann würde dieser Strandabschnitt überfüllt sein. Noch gehörte die Insel den Einheimischen, Rentnern, Familien mit nicht schulpflichtigen Kindern und natürlich den Tagesgästen. Ein älterer Herr wies Bente unfreundlich darauf hin, dass sie mit ihrem Hund an den Hundestrand gehen müsse. Sie zückte ihren Dienstausweis, hielt ihn dem Mann vor die Nase und sagte knapp:

»Polizeihundübung!«

Beeindruckt nickte der Herr und kehrte zu seiner Frau zurück, die einige Meter entfernt wartete und einen entschuldigenden Blick zu Bente warf. Offenbar war ihr das spießbürgerliche Verhalten ihres Mannes unangenehm. Bente lächelte ihr zu und setzte ihren Weg fort. Genau solche Situationen waren vor nicht einmal vier Wochen Anlass eines Streites zwischen Erik und ihr gewesen. Erik hatte ihr vorgeworfen, Amtsmissbrauch zu begehen, wenn sie für private Zwecke ihren Dienstausweis zückte und damit eine Ordnungswidrigkeit umging. »Auch für uns Polizisten gelten die allgemeinen Verhaltensregeln, dein Dienstausweis ist keine Eintrittskarte fürs Überschreiten von Grenzen!«, hatte er argumentiert.

»Ach, und du? Du bist ein notorischer Falschparker!«

»Ja, aber ich zahle jedes Knöllchen, ohne zu murren!«

»Schon klar! Die Politessen kennen dein Auto und drücken ein Auge zu, weil du im weitesten Sinne ein Vorgesetzter bist!«

»Das fordere ich aber nicht von ihnen ein!«

»Vielleicht nicht direkt, aber dir ist bewusst, dass du dich darauf verlassen kannst! Andernfalls würde ein Großteil deines Verdienstes für Strafzettel draufgehen!«

Bente blieb stehen und sah über das glitzernde Wasser. Geblendet schirmte sie mit einer Hand ihre Augen ab. Erik fehlte ihr. Selbst die Erinnerung an diesen unnötigen Streit war mit sehnsüchtigen Gefühlen verbunden. Immer einer Meinung zu sein, war nicht nur leicht, sondern auch langweilig! Erik ließ sich nie aus der Ruhe bringen und war nicht beleidigt oder nachtragend, wenn sie selbst übers Ziel hinausschoss. Heute war erst Tag sechs von einundzwanzig! Ob er sie ebenso sehr vermisste wie sie ihn? Verärgert stöhnte sie auf. Diese Gefühlsduseligkeit machte sie aggressiv und ungerecht. Erik war nicht ihr Babysitter! Apropos Babysitter, sie musste Ulrike bei Hansen abgeben, bevor sie zurück ins Büro gehen würde. Als Ruth Ahrends und Klemme das *Cropinos* verlassen hatten, waren sie für einen weiteren Kaffee geblieben. Bente hatte ihm von der Mail berichtet, die sie am

Morgen von Wissner bekommen hatte. Eine Unterstützung seitens des pensionierten Dienststellenleiters entbehre jeglicher Grundlage, da der Fall vom BKA übernommen worden sei. Sie selbst könne Überstunden abfeiern, soweit keine dringliche Arbeit anliege.

Hansen hatte traurig geseufzt und schließlich genickt. »War nicht anders zu erwarten gewesen, aber willst du jetzt die Hände in den Schoß legen oder bleiben wir dran?«

»Ich puste mir den Kopf frei und gehe mit Ulrike zu dir nach Hause. Bis dahin musst du dich gedulden!«, hatte sie sich verabschiedet.

Jetzt stand sie vor seiner Haustür und klingelte. Er öffnete prompt und Ulrike stürmte an ihm vorbei in die Küche, aus der es nach Frikadellen duftete.

»Möchtest du reinkommen?«

»Nein, ich geh ins Büro und halte Augen und Ohren offen. So einfach lass ich mich nicht ausbooten!«

Hansen streckte ihr einen erhobenen Daumen entgegen. »Melde dich, wenn du Feierabend machst, ich bring dir dann Ulrike.«

Als sie am Büro ankam, sah sie den Bagger an der Villa Ecke Hebbelweg. Entschlossen straffte sie die Schultern und atmete tief durch. Was hatte sie zu verlieren? In der Vergangenheit war es vorgekommen, dass BKA oder LKA einen ihrer Fälle begleitet hatten, aber noch nie war sie auf das Abstellgleis gestellt worden!

Auf dem Gelände sah sie Lemke und Brest über den Bauschutt kraxeln. Fünf Männer und eine Frau in den weißen Overalls der KTU wuselten um den mittlerweile frei gelegten Tresorraum herum. An der Straße parkten drei Limousinen mit Hamburger Kennzeichen.

Bente stieg behände über den Bauschutt zu dem Tresorraum und unterdrückte ein Lachen, als Brest mit seinen glatten Ledersohlen auf einem Stein ausrutschte und auf dem Hosenboden landete.

»Was wollen Sie?«, blaffte Lemke sie an.

»Ich wollte mich nur erkundigen, ob ich Ihnen irgendwie behilflich sein kann«, lächelte sie tapfer und hob die Schultern.

»Kein Bedarf!«, erwiderte er und wandte sich seinem Kollegen zu, ohne sie weiter zu beachten.

Bente blieb stur stehen. Sollte er sie doch wegschicken, wenn ihm ihre Anwesenheit nicht passte!

Es dauerte eine Minute, bis er sich wieder zu ihr umdrehte.

»Wenn Sie behilflich sein möchten, dann organisieren Sie uns eine Thermoskanne Kaffee und Becher«, grinste er süffisant. »In Ihrer feudalen Dienststelle habe ich doch eine Kaffeemaschine gesehen, oder?«

»Gut beobachtet, aber diese Maschine ist Privateigentum meines Mitarbeiters Tiemann, der im Urlaub ist. Ich bin leider nicht befugt, darüber zu verfügen, aber in der Stadt bekommen Sie einen Coffee to go, schönen Tag noch!«, parierte Bente schlagfertig und freute sich über seinen irritierten Gesichtsausdruck, bevor sie auf dem Absatz kehrt machte. Was bildete dieser arrogante Schnösel sich ein!

Wütend erreichte sie die Absperrung und wurde dort von dem Baggerführer aufgehalten.

»Frau Kommissarin?«

»Hauptkommissarin!«, korrigierte sie ihn gereizt.

»Äh...«, stammelte er verunsichert.

»Was ist? Ich werde Sie nicht erschießen, also reden Sie!«

Er zögerte kurz, dann breitete sich ein Grinsen auf seinem Gesicht aus. »Sie sind witzig!«

»Die einen sagen so, die anderen sagen so!«

»Ihre Kollegen sind es jedenfalls nicht!« Er deutete auf Lemke und Brest.

»Messerscharf beobachtet! Also, was gibt's?«

Er strich sich verlegen eine Haarsträhne aus der Stirn. »Ich weiß nicht, was hier gespielt wird, aber die halten mich für blöd!«

»Und, sind Sie's?«

»Sie sind wirklich witzig!«, schmunzelte er und zeigte auf die freigelegte Tresortür. »Der Verbindungstrakt muss gesprengt worden sein, da steht kein Stein mehr auf dem anderen! Es reichte offenbar nicht, den Zugang vom Keller zuzumauern und damit den Tresorraum für immer unzugänglich zu machen. Das kommt mir komisch vor. Wozu dieser Aufwand mit der Sprengung?«

Bente nickte nachdenklich. »Danke, Sie sind auf jeden Fall nicht blöd!«

Kapitel 13

Die Blumen in der Vase waren frisch. Auf dem Granit-stein stand lediglich ein Vorname: Paul. Kein Nach-name, kein Geburts- oder Sterbedatum.

Das Grab Nummer 76 im hinteren Teil des Westerländer Friedhofs war schlicht, aber penibel gepflegt.

Jeden Tag zur gleichen Uhrzeit kniete jemand davor, betete stumm, entfernte flink verwelkte Blüten oder zupfte einen vorwitzigen Grashalm aus den weißen Kieselsteinen heraus. Dann verließ die Person den Friedhof, ohne einen Blick nach rechts oder links zu werfen. So geschah es jeden einzelnen Tag seit fünf Jahren.

Doch heute war es anders. Die Person kniete nieder, be-tete stumm und setzte sich dann auf die Holzbank gegen-über des Grabs. Leise sprach sie zu dem Toten: »Es ist soweit, Paul, die Vergangenheit holt mich ein!« Seufzend hefteten sich die Augen auf den Granitstein, als würde eine Reaktion erwartet. »Sie werden kommen und ihn suchen, aber ich bin vorbereitet!«

Damit wandte die Person sich ab, schritt zum Friedhofstor und bestieg das wartende Taxi.

Kapitel 14

Als Bente das Büro betrat, schlug ihr die Einsamkeit entgegen.

Sie warf ihre Jacke über den dreibeinigen Garderobenständer und sah auf Ulrikes Hundedecke, die unter ihrem Schreibtisch lag. Aus einem spontanen Impuls heraus nahm sie sie hoch und roch daran. Es war fast zwei Wochen her, dass sie die Decke gewaschen hatte und der Geruch nach nassem Hund stieg ihr in die Nase. Schadenfroh grinsend stellte sie sich vor die Tür zum Besprechungszimmer und schüttelte jedes einzelne Hundehaar aus dem Gewebe. Vielleicht reichte es für einen fiesen Hautausschlag bei Lemke! Ein Griff an die Klinke bestätigte ihre Vermutung, dass die Tür abgeschlossen war. Sie hatte bisher nicht einmal gewusst, dass es einen Schlüssel dafür gab! Dieses Büro war in den letzten Jahren zu ihrem Zuhause geworden und nun hatte sie das Gefühl, vor die Tür gesetzt worden zu sein. Als einzige. Weil sonst niemand da war, mit dem sie sich verbünden konnte. Wie hieß es so schön: Geteiltes Leid ist halbes Leid! Aber niemand teilte mit ihr!

Für einen Moment schloss Bente die Augen und atmete tief durch. Weshalb ärgerte sie sich so maßlos über die Anwesenheit von Lemke und Brest? Seufzend gab sie sich selbst die Antwort. Weil ihre Autorität untergraben wurde! In der Vergangenheit hatte sie sich immer wieder beweisen müssen. Trotz mehrerer Auszeichnungen und erfolgreicher Aufklärungsquote waren die Zweifel nie verschwunden. Erst mit dem Wechsel nach Sylt war ihr bewusst geworden, dass nicht jeder Kollege an ihrem Stuhl sägen wollte.

Sie grinste, als sie daran dachte, was Erik ihr in dieser Situation raten würde. Irgendwas mit Geduld und Gelassenheit oder Selbstbewusstsein und Akzeptanz, aber wer über all diese Charaktermerkmale verfügte, hatte es auch leicht, schlaue Ratschläge zu erteilen! Sie setzte einen Kaffee auf und dachte kurz darüber nach, wie sie das Lemke erklären sollte, wenn er jetzt zur Tür hereinkäme. Egal, ihr würde schon etwas einfallen! Mit einem duftenden Kaffeebecher in der Hand setzte sie sich an den Schreibtisch, las noch einmal die Mail von Wissner und widerstand dem Drang, ihn anzurufen. Dann warf sie einen Blick aus dem Fenster und schaltete den Bildschirm aus. Ja, sie würde Überstunden abfeiern, und zwar jetzt sofort! Hier im Büro fiel ihr die Decke auf den Kopf und sie war schon wieder auf dem besten Weg, sich in Selbstmitleid zu suhlen! Den restlichen Tag würde sie mit Ulrike verbringen und sich ein gesundes Abendessen zubereiten!

Kapitel 15

Bente schloss pünktlich um 8 Uhr das Büro auf und stellte fest, dass Lemke und Brest nicht da waren. Entweder noch nicht oder nicht mehr, aber es spielte keine Rolle. Sie hatte den gestrigen Nachmittag mit Ulrike am Strand verbracht und war danach joggen gewesen. Nach einer kalten Dusche hatte sie sich einen Rohkostsalat gemacht und bei Anka angerufen. Ihre Tochter studierte Sozialpädagogik in Hamburg und das Verhältnis zwischen ihnen hatte sich gebessert, seit Bente nach Sylt gezogen war. Noch vor zwei Jahren wäre ein eineinhalbstündiges Telefonat mit Anka undenkbar gewesen. Ein warmes Gefühl breitete sich in ihr aus, als sie an das Gespräch dachte. Nichts war schöner, als Anka glücklich zu wissen!

Sie hatte von Marc, einem Kommilitonen, geschwärmt und einen baldigen Besuch auf Sylt angekündigt, vielleicht sogar mit ihm zusammen!

»Aber nur unter der Voraussetzung, dass du für die Zeit zu Erik ziehst und uns beide Schlüssel überlässt, also keine unangemeldeten Besuche!«, hatte sie gefordert und Bente war in Gelächter ausgebrochen. »Keine Sorge, nichts liegt mir ferner, als in dein Liebesleben reinzugrätschen, keine Bilder, bitte!«

»Du bist unmöglich, Mama!«

»Danke für das Kompliment!«

Bente stand gedankenverloren in der Küchennische und wartete, dass der Kaffee durchlief, als die Bürotür geöffnet wurde. Erschrocken zuckte sie zusammen, dann strahlte sie. »Heike! Du bist krankgeschrieben!«

»Ich freu mich auch, dich zu sehen, Brodersen! Ingwer-Zitronentee ist das Zaubermittel!« Sie wedelte mit einer Thermoskanne und stellte ihren Rucksack auf Klemmes Schreibtisch. »Und, haben sich die Kollegen aus Wiesbaden schon eingerichtet?«

Bente zuckte mit den Schultern. »Frag nicht!

Diese Typen gehen mir echt auf die Nerven!«

Das Telefon klingelte.

»Kripo Sylt, Kommissarin Röder am App...!« Bente hörte Flackners aufgebrachte Stimme und nickte Heike zu.

»Ich stell dich auf Lautsprecher, Flackner!«

»Wieso wird meinen Mitarbeitern der Zugang zur Leiche verwehrt? Ein Team vom Festland belagert uns! Die wollen mein Labor nutzen, da ist sowieso schon zu wenig Platz!«

»Spar dir die Luft zum Atmen, Flackner!«, ging Bente dazwischen. »Das ist nicht mehr unser Fall!«

»Was?«

»Das BKA hat übernommen und die haben ihre eigene KTU antanzen lassen!«

»Das BKA? War der Tote ein Terrorist?«

»Keine Ahnung!«

»Bist du nun Chefin der Kripo oder nicht?«

»Ganz dünnes Eis, Flackner, ganz dünn!«

»Was ist mit deinem Knöchel?«, lenkte Heike das Gespräch in eine andere Richtung.

»Gott sei Dank nur verstaucht, eine Woche auf Krücken, dann langsam belasten!«

»Und weswegen beschwerst du dich dann?«, rief Bente genervt.

»Frau Hauptkommissarin?«, ertönte eine tiefe Stimme von der Tür und Polizeiobermeister Friedrichs trat ins Büro. Er war Eriks Urlaubsvertretung und Bente schätzte seine besonnene Art.

»Was gibt's?«

»Letzte Nacht hat es eine rätselhafte Einbruchserie gegeben.«

»Wieso rätselhaft?«

»Weil die Einbrüche quer über die Insel verstreut liegen und nirgends etwas gestohlen wurde.«

Bente runzelte die Stirn. »Haben Sie eine Liste der Adressen?«

Er nickte und überreichte ihr einen Ausdruck.

»Danke, Friedrichs, ich kümmere mich darum.«

»Ich habe zu jedem der Häuser einen Streifenwagen geschickt«, erklärte er und zog die Tür hinter sich zu.

»Hast du mitgehört, Flackner?«

»Ja, was hat das zu bedeuten?«

»Woher soll ich das wissen? Du bekommst gleich die Liste, damit du deine Leute koordinieren kannst! Heike und ich machen uns auf den Weg.« Grußlos beendete sie das Telefonat.

»Willst du mitkommen auf Inselrundfahrt?«, wandte sie sich dann an ihre junge Kollegin und griff zum Autoschlüssel.

»Nichts lieber als das!« Heike sprang auf, nahm Thermoskanne und Becher in die Hand und folgte ihr auf den Parkplatz.

Als sie im Bulli saßen, fragte Bente: »Was hältst du davon?« Einbruchserien waren auch auf Sylt keine Seltenheit, beschränkten sich aber meist auf eine vorher ausgekundschaftete Siedlung oder leerstehende Ferienhäuser.

»Könnte Taktik sein!«, murmelte Heike nachdenklich.

»Welche Taktik?«

»Sollte der Einbruch bemerkt und die Polizei gerufen werden, ist es schlau, sich nicht in der Nachbarschaft aufzuhalten, oder? Dann doch lieber am anderen Ende der Insel!«

Bente grinste. »Höre ich da Bewunderung für die Täter raus?«

»Nee, grundsätzlich ist es dumm, eine Insel als Ort für Einbrüche zu wählen! Profis würden die Fluchtwegsituation berücksichtigen!«

»Profis würden vor allem Beute machen!«

»Stimmt«, nickte Heike. »Also lass uns sehen, was die vier Häuser gemeinsam haben!«

Kapitel 16

Ein Polizeibeamter empfing Bente und Heike vor der Haustür der Villa in Kampen. Er zeigte ihnen die Einbruchsspuren an der rückwärtigen Terrassentür.

»Alarmanlage?«, fragte Bente und wies auf den kleinen Kasten mit dem orangefarbenen Warnlicht an der Hauswand.

»Ja, aber ist von den Einbrechern ausgeschaltet worden!«

Bente nickte und schaute sich um. Die letzten Tage hatte es nicht geregnet. Fußspuren würden schlecht oder gar nicht zu finden sein. Wo blieben Flackners Leute?

»Das Ehepaar Witt wartet mit meinem Kollegen im Wohnzimmer auf Sie.«

Bente und Heike betraten das Haus durch die offenstehende Terrassentür und sahen sich in der Küche um. Nichts deutete auf ein Durchsuchen der Schränke und Schubladen hin, lediglich der mannshohe Kühlschrank war von der Wand abgerückt worden. Im angrenzenden Wohnzimmer trafen sie auf die älteren Bewohner dieses für zwei Personen viel zu großen Anwesens.

»Kriminalhauptkommissarin Brodersen, meine Kollegin Röder«, stellte Bente sich und Heike vor.

»Witt, meine Frau.« Der Mann hatte sich erhoben und wies mit dem Kopf auf die in Tränen aufgelöste Frau im Morgenmantel.

»Ihre Schlafräume sind oben?«, fragte Bente.

Er nickte und legte eine Hand auf die Schulter seiner Frau. Sie sah mit rotgeränderten Augen auf und wimmerte: »Wir haben geschlafen, als die im Haus waren.«

»Es ist gut, dass Sie nicht aufgewacht und den Einbrechern begegnet sind!«, erwiderte Bente mitfühlend. Sie wusste, dass bei Einbrüchen in Privathaushalten der Verlust des Diebesgutes selten ein nachhaltiges Problem darstellte. Die meisten Wertgegenstände waren versichert, aber das Eindringen in die Intimsphäre der Opfer

führte unweigerlich zu einer starken psychischen Belastung. In diesem Fall war der Schrecken noch größer, da der Einbruch sozusagen im Beisein der Bewohner stattgefunden hatte.

»Sind Sie sicher, dass nichts gestohlen wurde?«, vergewisserte Bente sich.

»Ja, zumindest nicht, dass wir wüssten«, antwortete Herr Witt. »Aber die müssen in jedem Zimmer gewesen sein.«

»Weshalb glauben Sie das?«

»Weil alle Türen offen standen, als ich heute Morgen aufgewacht bin, auch die Schlafzimmertür«, flüsterte er und sah besorgt zu seiner Frau.

»Haben Sie irgendetwas angefasst?«, fragte Heike.

»Ja, ich musste mich doch davon überzeugen, dass unsere Portmonees und der Schmuck noch da sind. Und tatsächlich haben die Einbrecher meine Brieftasche gefunden, aber nicht mal das Bargeld entnommen!«

»Woher wissen Sie dann, dass sie gefunden wurde?«, stutzte Heike.

»Weil ich sie in der linken Innentasche meines Jacketts aufbewahre und sie heute Morgen in der

rechten steckte! Ich habe sofort alle Karten sperren lassen.«

»Ja, das war sehr umsichtig, Sie sollten kein Risiko eingehen«, murmelte Bente. »Haben Sie eine Idee, was die Einbrecher gesucht haben könnten?«

Beide schüttelten synchron den Kopf.

»Die Kollegen von der Spurensicherung sind soeben eingetroffen«, erklärte Bente mit einem Blick zur Auffahrt, auf der drei von Flackners Mitarbeitern aus dem Auto stiegen. »Sie werden sich hier genau umsehen und nach Fingerabdrücken suchen. Vielleicht führt uns das zu den Tätern.« Sie ließ Heike mit dem Paar allein und öffnete die Haustür. Mittlerweile trug das Team Overalls.

»Es ist offensichtlich nichts gestohlen worden. Ich möchte über jede kleinste Auffälligkeit umgehend informiert werden, verstanden?«

»Wonach genau sollen wir suchen?«, fragte ein junger Mann, den Bente noch nie gesehen hatte.

»Sind Sie neu im Team?« Er nickte stolz.

»Dann merken Sie sich, dass ich Ergebnisse von Ihnen erwarte! Wüsste ich, wonach Sie suchen sollten, könnte ich das selbst erledigen und Sie hätten keinen Job!« Damit ließ sie ihn stehen und kehrte zurück ins Wohnzimmer, wo Heike den Eigentümern ausführlich erklärte, warum es notwendig war, ihre Fingerabdrücke zu nehmen. Sie sprach langsamer als sonst und übertrieben deutlich. Offenbar waren die Witts etwas schwerhörig, was ein Segen angesichts des nächtlichen Einbruchs bedeutete.

»Heike, kümmerst du dich um die Nachbarn?«, erlöste Bente sie und übernahm das Gespräch. »Sie haben Ihren festen Wohnsitz hier auf der Insel?«

Frau Witt nickte. »Bekommen wir Polizeischutz?«

»So ähnlich, die Polizeipräsenz in der Gegend wird verstärkt. In kurzen Abständen werden Streifenwagen an Ihrem Haus vorbeifahren und für Ihre Sicherheit sorgen.«

»Auch nachts?«, fragte Frau Witt und sah sie bittend an.

»Ja, natürlich auch nachts. Sie können in Ruhe schlafen, wir passen auf Sie auf«, beruhigte Bente sie.

Ein Mitarbeiter der SpuSi erschien in der Tür.

»Die Alarmanlage wurde professionell ausgeschaltet. Wir haben Fingerabdrücke sichergestellt, ich bräuchte dann die der Bewohner zum Abgleich«, wandte er sich an Bente.

Herr Witt erhob die Stimme und erklärte:

»Meine Frau und ich besitzen neue Personalausweise, darauf sind unsere Fingerabdrücke gespeichert. Das sollte genügen!«

Bente wunderte sich. Sie hätte nicht gedacht, dass diese Rentner im Besitz biometrischer Personalausweise wären. Die Regelung galt erst seit Anfang des Jahres und betraf nur neu beantragte Ausweise. »Das erleichtert uns die Arbeit, danke, Herr Witt«, lächelte sie ihn an.

»Wir haben auch Führerscheine mit einem biometrischen Foto«, verkündete er stolz.

»Das ist löblich«, sagte Bente ernst und grinste in sich hinein. Das Ehepaar Witt war ein Paradebeispiel für Ordnungsliebe und Gesetzestreue. Diese Villa war zwar nicht modern, aber teuer eingerichtet. Hinter geschliffenem Kristallglas stand chinesisches Porzellan in den Einbauschränken. Das Mobiliar war erlesen und es gab mehrere aufgearbeitete Antiquitäten aus der Kolonialzeit. Auf einem gläsernen Sockel prangte eine bronzene Büste von Kleopatra vor einem Ölgemälde mit der Cheops-Pyramide. An den anderen Wänden hingen gerahmte Bilder unterschiedlicher Künstler, die Bente nicht kannte, aber auf den ersten Blick handelte es sich um Originale. Insgesamt machte diese Villa einen herrschaftlichen Eindruck und die Einrichtung zeugte von Geschmack, auch wenn es nicht ihr eigener war. Sie bemerkte, dass Herr Witt sie beobachtete. »Schön haben Sie es hier!«

»Ja, aber als ehemaliger Leiter des Ordnungsamtes in Husum habe ich häufig mit der Polizeidienststelle zusammengearbeitet und kenne mich mit Einbrüchen etwas aus. Wie erklären Sie sich, dass nichts entwendet wurde?«

Sein Beruf komplettierte Bentes Bild von ihm, aber allein die Tatsache, dass er eine ähnliche Position wie sie im öffentlichen Dienst innegehabt hatte, war kein Grund, ihm Ermittlungsergebnisse mitzuteilen. »Würden Sie mich durchs Haus führen?«, bat sie ihn, ohne auf die Frage einzugehen.

Während sie ihm aufmerksam durch die Räume der Villa folgte, fielen ihr insbesondere die wertvollen Teppiche auf. Als er eine Tür öffnete und Bente den Vortritt ließ, hielt sie ehrfürchtig den Atem an. Sie sah in eine Bibliothek, die so groß wie ihr Apartment war, und an zwei Wänden befanden sich unzählige Bücher in den Regalen, die bis zur Decke reichten. Eine fahrbare Leiter ermöglichte es, die oberen Titel zu erreichen.

»Haben Sie die alle gelesen?«, fragte sie staunend.

»Fast, aber ich interessiere mich vor allem für Erstausgaben, da kommt es weniger auf den Inhalt als vielmehr auf die Unversehrtheit an«, erklärte er bereitwillig und wies auf mehrere Regalmeter mit schweren Ledereinbänden.

Bente nickte. Dieses Hobby war mit dem Gehalt eines Amtsleiters nicht finanzierbar, geschweige denn mit der Pension. Die Witts verfügten allem Anschein nach über ein Familienerbe. Es wurmte sie, dass ihre kleine Kripoabteilung ausgerechnet unter dem prüfenden Blick von Lemke einen schlechten Eindruck machte. Die Sylter Kripo war für das breite Spektrum aller Delikte zuständig und bestand aus lediglich einem Kommissariat. Beim LKA hatten sie und ihre Kollegen diese ländlich gelegenen Kommissariate mitleidig belächelt und als polizeiliche Krämerläden abgetan.

In vielen Orten waren diese Dienststellen wegrationalisiert worden, aber Sylt nahm eine Sonderstellung ein.

Bente verabschiedete sich von den Eheleuten und traf auf der Auffahrt auf Heike, die die unmittelbare Nachbarschaft befragt hatte.

»Niemandem ist etwas aufgefallen, aber es ist ja auch Spätsaison und nächtlich fahrende Autos sind nichts Ungewöhnliches.«

»Dann auf nach List zum nächsten Einbruch, vielleicht lässt sich ein Muster erkennen!«, seufzte Bente und startete den Bulli. Mittlerweile stand die Sonne höher und keine einzige Wolke war am Himmel auszumachen. Sie berichtete Heike von dem Treffen mit Ruth Ahrends. Ihre Kenntnisse über die Rolle Sylts in den Weltkriegen beeindruckte sie nachhaltig.

»Fahr mal rechts ran!«, rief Heike, als sie den kleinen Wald bei der Vogelkoje passiert hatten und das Wattenmeer vor ihnen lag. Überrascht hielt Bente am Straßenrand und sah ihre Kollegin fragend an.

»Die *Seekühe* kennst du, oder?«

»Äh ...«, stammelte sie und blickte auf die aus dem Watt ragenden Plattformen. »Natürlich, aber ich wusste nicht, dass diese Gebilde *Seekühe*
genannt werden, klär mich auf!«

Tadelnd hob Heike eine Augenbraue. »Du kriegst zu Weihnachten ein Buch mit Sylter Geschichten von mir, schließlich ist die Insel deine Wahlheimat und du willst dich nicht wie ein Touri veräppeln lassen, dem diese Plattformen bei diesiger Sicht als kalbende Seekühe verkauft werden, oder?«

»Asche auf mein Haupt! Aber um was handelt es sich denn nun?«

»Die Holzplattformen wurden auf Stahlbetonfüßen ins Watt gestellt, um als Ziele für das   Bombenabwurftraining der Kampffliegerpiloten zu dienen!«

»Ach!«, staunte Bente. »Es spricht ja nicht gerade für die damalige Luftwaffe, dass sie relativ unbeschädigt sind!«

Heike lachte. »Aber die Kormorane freuen sich! Gerade sieht es aus, als wäre es ein einziger, schwarzer Riesenvogel mit vier Beinen, findest du auch?«

»Nee, genauso wenig wie eine Seekuh!«

»Du leidest eindeutig an einem Mangel an Phantasie, Brodersen!«

In List angekommen, fuhr Bente zu der Adresse, die auf der Liste stand.

»Hier?«, fragte Heike irritiert.

»Ja, Irrtum ausgeschlossen!« Sie sahen auf das schmucklose Siedlungshaus aus den Sechzigern, vor dem ein Streifenwagen und ein Minivan der KTU auf der Straße parkten.

»Rechts und links fette Villen und ausgerechnet hier wird eingebrochen? Das zeigt doch deutlich, dass es den Tätern nicht um irgendwelche Wertgegenstände ging, oder?«

Bente sah zum Giebel des Siedlungshauses und runzelte die Stirn. Heike hatte recht, alles war sauber und gepflegt, aber der Zahn der Zeit nagte an der Substanz des Hauses. Lediglich die Fenster schienen mal erneuert worden zu sein. Sie drückte den Klingelknopf neben der schmucklosen Haustür. Ein uniformierter Kollege öffnete ihnen und führte sie in die Küche, wo zwei Frauen am Tisch saßen.

»Hauptkommissarin Brodersen, das ist meine Kollegin Röder«, nickte Bente ihnen zu.

Stöhnend erhob sich die Ältere von beiden.

»Gessen, Helga Gessen, haben Sie hier das Sagen?«

»Ja, gibt es irgendwelche Probleme?«

»Allerdings! Sorgen Sie dafür, dass diese Leute verschwinden!«, forderte sie aufgebracht.

»Die Kollegen von der Spurensicherung sind sicher gleich fertig mit ihrer Arbeit«, beschwichtigte Bente sie.

Frau Gesser bedachte sie mit einem abfälligen Blick und ließ sich zurück auf den Stuhl fallen. Nervös klopfte sie mit einem Finger auf das Wachstischtuch. »Die bringen alles durcheinander und ich muss das dann wieder aufräumen!«

»Da helfe ich dir, Helga, das geht schnell!«, beruhigte die andere Frau sie und stellte sich den Kommissarinnen vor: »Ich bin Jutta Hansen, die Nachbarin.«

»Wir tun das, um die Einbrecher zu finden«, erklärte Heike mitfühlend.

»Wozu? Die haben ja nichts geklaut!«, murmelte Frau Gessen störrisch und Bente bemerkte den nachsichtigen Blick, den Jutta Hansen auf sie warf. Offenbar war die alte

Dame alleinstehend und mit der Anwesenheit von Fremden in ihrem Haus überfordert. Zwischen diesem Haus und der Villa der Witts lagen Welten! Alles, was sie bisher gesehen hatte, verriet den kleinen Geldbeutel der Eigentümerin, wenngleich der Verkauf des Hauses sie zur Millionärin machen würde. Das Grundstück war groß genug für ein Apartmenthaus und die Lage begehrt. Investoren leckten sich die Finger nach solchen Objekten, insbesondere, wenn die Verkäufer einfache, alteingesessene Bewohner waren, die die aktuellen Immobilienpreise nicht kannten! Plötzlich sah sie ein Motiv für die Einbrüche, aber konnte das wirklich sein?

Bente trat in das kleine Wohnzimmer. Über den Sofalehnen lagen Schondecken und es roch nach grüner Seife. Bilder aus der Vergangenheit tauchten jäh vor ihren Augen auf. Ihre Großeltern hatten ähnlich gewohnt und sie hatte wundervolle Wochenenden bei ihnen verbracht. Der Geruch nach grüner Seife erinnerte sie an ihre Oma!

Sie wandte sich an den Kollegen der SpuSi:

»Irgendwelche Spuren?«

»Die hintere Tür zum Keller wurde aufgebrochen, einfaches Schloss, keine Verriegelung, also kinderleicht.«

Bente hörte Frau Gessen in der Küche zetern und stieg eilig die enge Stiege in den Keller hinunter. Er war schlecht ausgeleuchtet, aber trocken und aufgeräumt. An einer Wand standen unzählige gefüllte Weckgläser in einem Regal. Wieder dachte Bente an ihre Oma und plötzlich schmeckte sie eingelegte Kürbisse und Gurken auf der Zunge! Unwirsch drängte sie die Gedanken beiseite, ging zurück ins Erdgeschoss und die schmale Holztreppe nach oben. Dort zwängte sie sich an der Dachbodenleiter vorbei und warf einen Blick in die beiden kleinen Zimmer. In einem standen

Bett und Schrank, in dem anderen ein weiterer Schrank und eine große Holztruhe.

»Irgendwas gefunden?«, rief sie durch die Luke nach oben.

Einer der Mitarbeiter aus Flackners Team, den Bente von mehreren Einsätzen kannte, trat an die Luke und berichtete: »Weihnachtsdekoration, alte Koffer und jede Menge Blumenübertöpfe, aber sonst nichts. Die eine Hälfte ist mit Spanplatten ausgelegt, auf der anderen ist der Schornstein.«

»Okay, wir brechen gleich auf nach Rantum, wenn Sie hier fertig sind, kommen Sie nach!«

»Wir sind so gut wie durch!«, nickte er.

Zurück in der Küche, wandte sie sich an Frau Gessen: »Wir sind gleich fertig, aber sind Sie sicher, dass nichts gestohlen wurde?«

»Wieso fragen Sie, ob ich mir sicher bin? Denken Sie, ich hab sie nicht mehr alle beisammen im Oberstübchen?« Die alte Dame griff zu einem Besen, der an einem Haken hinter der Küchentür hing und fegte resolut den Boden, wobei sie absichtlich gegen Bentes und Heikes Schuhe stieß.

»Gehen Sie jetzt, ich muss alles saubermachen!«, schimpfte sie.

Bente überlegte, die sture Frau in ihre Schranken zu weisen, aber letztlich stand es ihr nicht zu. Die Gefahr, dass sie mit dem Besen auf die Beamten losgehen würde, war durchaus real. Sie entschied sich, vorerst einen Rückzieher zu machen, bis die aufgebrachte Hauseigentümerin sich beruhigt hatte. In diesem Moment schwang Frau Gessen den Besen in der Luft.

»Fru Gessen, hebbt se en Tass Tee för mi?«, fragte Heike und sofort beruhigte sich die aufgebrachte Alte.

»Sülvstverständlich, se sünd ja ganz verköhlt un höört in't Bedd!« Emsig goss sie Wasser in einen Teekessel und schaltete den Herd ein.

Bente staunte und warf Heike einen dankbaren Blick zu. Plattdeutsch war also die Lösung!

»Bedankt, aver ik heff al en Week liggen! De Arbeit maakt sik nich vun alleen, dat weetn se ja sülvst!«

»Ja, aver ümmer sachte, wi schullen ja nich mit de Iesenbahn! Nu drink ersmol! Un verbrenn di nich de Tung!« Fürsorglich rückte sie einen Stuhl vom Tisch ab. »Sett di lever hen, mien Deern!«

Kapitel 17

Zehn Minuten später saßen Bente und Heike im Bulli und machten sich auf den Weg nach Morsum zum nächsten Einbruch. Hinter ihnen fuhr der Minivan der KTU.

»Woher wusstest du, wie sie zu beruhigen war?«, fragte Bente.

»Sie erinnert mich an meine Oma, die Alteingesessenen strengt es an, Hochdeutsch reden zu müssen und außerdem hilft eine Tasse Friesentee bei allen Problemen!«, lachte Heike.

»Komisch, ich fühlte mich auch in meine Kindheit zurückversetzt, es roch genauso wie bei meinen Großeltern. Was für'n Glück, dass du Plattdeutsch kannst, sie war drauf und dran, uns mit dem Besen aus dem Haus zu jagen!«

»Und bestimmt wäre in dem Moment irgendein Passant mit seinem Handy zur Stelle gewesen und wir hätten uns morgen auf der Titelseite der *Sylter Rundschau* wiedergefunden!«, feixte Heike.

Bente grinste. Das Gefühl der Einsamkeit war verschwunden und sie genoss Heikes Anwesenheit in vollen

Zügen. »Stell dir mal das Gesicht von Lemke und Brest vor, wenn die so einen Bericht über unsere Arbeit sehen würden! Das würde in ihr Bild von uns als Dorftrottel passen!«

»Sollen die uns ruhig unterschätzen!«, murmelte Heike. »Was denkst du, wer dieser Robert Donati war, dass das BKA sich so bedeckt hält?«

»Terrorismus, organisierte Kriminalität, Wirtschaftskriminalität? Keine Ahnung!«, seufzte Bente und sofort stieg der Ärger wieder in ihr hoch. Die Einbruchserie hatte die Gedanken an die Leiche in dem Tresorraum aus dem Zweiten Weltkrieg in den Hintergrund gedrängt, aber sie war nicht gewillt, ihre eigenen Ermittlungen einzustellen. In diesem Moment klingelte ihr Handy und sie nahm das Gespräch über die Freisprechanlage an. »Guten Morgen, Klemme, an dich habe ich gerade gedacht!« Es war spooky, aber er meldete sich immer genau dann, wenn sie ihn brauchte!

»Mir haben die Ohren geklingelt, deshalb rufe ich an«, lachte er. »Gib mir was zu tun, Chefin, sonst werde ich wahnsinnig vor lauter Sudoku- Rätseln!«

»Das wollte ich hören! Heike schickt dir gleich eine Liste mit Hauseigentümern, bei denen letzte Nacht eingebrochen wurde, ohne dass etwas gestohlen wurde. Vielleicht findest du irgendwas raus, was diese vier Häuser oder Bewohner verbindet. Wir sind auf dem Weg zum dritten Haus, aber die beiden ersten unterscheiden sich wie Tag und Nacht!«

Heike raunte ihr zu, dass die Mail an Klemme gesendet war.

»Gut, ich seh mal, was ich finde.«

»Sehr gut, wir halten dich auf dem Laufenden und du meldest dich, sobald du was gefunden hast. Leg dich wieder hin, Klemme«, frotzelte sie fröhlich.

»Ha, ha, es ist ätzend genug, dass meine Frau und mein Therapeut mich gängeln, da musst du nicht auch noch in die gleiche Kerbe hauen!« Damit beendete er das Gespräch.

Bente klappte die Sonnenblende herunter und sah auf das Watt zur Linken. Das Festland schien greifbar nah und das auflaufende Wasser glitzerte in den Sonnenstrahlen. Sie streckte ihren rechten Arm zwischen die Sitze, aber es kam keine kalte Hundeschnauze, die daran stupste. Ulrike fehlte ihr, aber Heike saß neben ihr. Das half, über die Abwesenheit ihrer Hündin hinwegzutrösten.

Heike schaute auf die Liste der Einbruchsserie.

»In Morsum ist in die Marmeladen-Manufaktur eingebrochen worden«, rief sie überrascht.

»Ja, hat mich auch gewundert, als ich das gelesen hab. Da hole ich immer ein paar Gläser, weil Anka und ihre WG solch abgefahrene Sorten wie Rosenblüten lieben! An der Straße steht eine Art Wartehäuschen, in dem man sich bedienen kann und das Geld in eine Kassette wirft, alles auf Vertrauensbasis!«

»Ich esse keine Marmelade!« Heike hob die Schultern.

»Großer Fehler, vielleicht änderst du gleich deine Meinung«, erwiderte Bente und hielt hinter dem Streifenwagen vor dem Haus in Morsum. Ein Friesenwall umgab das naturbelassene Grundstück, auf dem verschiedenste Blumen und Kräuter in allen erdenklichen Farben blühten. Der Minivan der KTU traf ein, als einer der Polizisten ihnen die Tür öffnete. Hinter ihm lugte eine ältere Dame mit buntem, selbstgebatikten Kopftuch hervor. »Ich bin Sigrid, kommt rein und immer der Nase nach, ich habe gerade eine neue Kreation auf dem Herd!«, winkte sie und eilte voraus in die Küche. Verdutzt folgten Bente und Heike ihr.

»Mhhh, das riecht auf jeden Fall gut!« Heike schnupperte an dem riesigen Topf.

»Ja, ist genau richtig bei Erkältung, weil ein Hauch Pfefferminze drin ist!« Bente verfolgte, wie die agile, alte Frau mit einem Löffel einen Klacks des heißen Breis auf einen Brotkanten strich. »Hier, das macht die Atemwege frei.«

Heike nahm das gereichte Brot und biss hinein.

»Unfassbar gut«, stöhnte sie, nahm einen weiteren Bissen und kaute genüsslich.

»Hauptkommissarin Brodersen, Sie sind Frau Zindel?«, unterbrach Bente das Marmeladen- Tasting und erntete einen nachsichtigen Blick der Hausherrin.

»Ja, die bin ich, wenn Sie sich einen kleinen Moment umsehen wollen, bis ich die Marmelade abgefüllt habe?«

Bente nickte und sah sich fasziniert um. Nicht nur die Bewohnerin, auch das Haus war bunt und einzigartig. Überall an den Wänden waren Bilder, Fotos, Zeitungsartikel und Postkarten mit buntem Klebeband befestigt. Ihr Blick wanderte zu der Frau, die ihr den Rücken zuwandte und mit einem Trichter den Inhalt des Topfes auf zahlreiche Gläser verteilte. Sie trug das Tuch wie eine Piratin über dem langen, grauen Haar. Um ihren Hals baumelten bunte Ketten aus Holz und Muscheln und zu einem roten T-Shirt trug sie eine lilafarbene Latzhose. Bente senkte den Blick und war nicht überrascht, dass sie barfuß war. Jeder der zehn Zehennägel war in einer anderen Farbe lackiert. Bestimmt war sie 1969 auf dem Woodstock- Festival gewesen! Die Postkarten kamen aus allen Ländern der Welt und Bente vermutete, dass Sigrid Zindel diese auch bereist hatte. Das faltige, wettergegerbte Gesicht erzählte die Geschichte eines interessanten Lebens, aber sie waren dienstlich hier!

Wie auf Kommando drehte Frau Zindel sich um und sagte: »So, danke, dass Sie sich geduldet haben, aber nach dem Aufkochen muss die Marmelade in die Gläser, sonst dickt sie im Topf ein. Bei mir ist eingebrochen worden, aber es wurde nichts gestohlen!«

»Wann haben Sie den Einbruch bemerkt?«, fragte Bente.

»Erst als ich nach dem Frühstück ins Atelier gegangen bin, da habe ich die aufgebrochene Tür vom Wintergarten bemerkt. Kommen Sie, ich zeige es Ihnen!«

Sie folgten ihr in ein lichtdurchflutetes, von drei Seiten verglastes Atelier, in dem eine Tonwerkstatt, eine Werkbank und mehrere Staffeleien standen. Der Dielenboden war mit Farbklecksen übersät und überall standen Bastkörbe voller Strandgut und Steinen. Heike inspizierte die aufgebrochene Tür und rief Flackners Mitarbeitern zu, dass sie die Spuren sichern sollten.

»Können Sie sich vorstellen, was die Einbrecher gesucht haben?«

Frau Zindel schüttelte den Kopf. »Ich habe im ganzen Haus nachgesehen, es fehlt nichts. Mein Aktenschrank stand zwar offen, aber auch da fehlt kein Ordner.«

»Wo befindet sich dieser Schrank?«

»Gleich hier, ich habe mich bemüht, nichts anzufassen, die Tür stand heute Morgen offen«, erklärte sie.

»Machen Sie das alles allein?«, fragte Bente und drehte sich einmal um die eigene Achse.

»Natürlich! Ich versuche, mich geistig und körperlich fit zu halten, das hier ist meine Medizin, wenn Sie so wollen!«

In dem winzigen Büro befand sich außer dem Aktenschrank lediglich ein Schreibtisch, davor ein Gymnastikball als Sitzmöbel.

»Ich bin sicher, dass die Ordner vorher anders einsortiert waren.«

Bente starrte auf die Ordneretiketten, die mit unterschiedlichen Markern akkurat beschriftet waren. Hier lagerten Rechnungen, Versicherungs- und Steuerunterlagen neben privaten Dokumenten und Bankauszügen.

»Bewahren Sie etwas Wertvolles im Haus auf? Schmuck oder Antiquitäten?«

Amüsiert lächelte sie. »Jeder meiner Kunstgegenstände ist für mich wertvoll, allerdings eher ideell.«

Bente nickte. »Die Kollegen sehen sich um und sichern etwaige Spuren, mehr können wir zur Zeit nicht tun.«

»Von mir aus. Ich bin nicht ängstlich, aber zu wissen, dass jemand im Haus war, während ich geschlafen habe, macht mich wütend!«

»Das verstehe ich gut. Es wäre auch meine erste Gefühlsregung und ich hoffe für diesen Einbrecher, dass jemand wie Sie oder ich ihn nicht auf frischer Tat ertappen!«, sagte Bente ernst und bekam als Antwort einen hochgereckten Daumen.

»Wir sehen uns noch kurz im Haus um und verschwinden dann wieder. Ist das okay?«

»Klar, Sie sind von der Polizei und meine Straftaten sind verjährt«, erklärte Frau Zindel.

Bente hob fragend die Augenbrauen.

»Na ja, Castortransporte blockieren und Häuser besetzen gehörte damals dazu, aber mit 74 Jahren lass ich den Jüngeren den Vortritt«, lachte sie verschmitzt.

Bente dachte, dass diese Hippieoma gut in Ankas WG passen würde, aber was verband die Einbruchshäuser und die grundverschieden Opfer miteinander?

Kapitel 18

Am Nachmittag streckte Hansen den Kopf zur Tür herein und Bente eilte hinaus auf den Parkplatz, wo Ulrike sie winselnd begrüßte, als wären statt Stunden Wochen vergangen. Lediglich ein Krankenhausaufenthalt hatte im letzten Jahr eine Trennung notwendig gemacht. Auch damals hatte Ulrike die Zeit bei Hansen und seiner Frau verbracht. Bente wusste, dass es ihr bei ihnen an nichts fehlte, aber ihre Wut auf Lemke kochte in diesem Moment über. Es war ihre Dienststelle und Ulrike war Teil des Teams! Sollte er sich anderswo einen Büroraum besorgen!

»Alles klar?«, brummte Hansen.

Bente schüttelte den Kopf und winkte ab. »Frag nicht!«

»Zu spät!«, konterte er trocken.

»Warte, ich mach Feierabend«, rief sie über die Schulter und verschwand im Büro-Container. Sie fuhr den Rechner herunter, griff zu ihrem Schlüsselbund und löschte das Licht. Dann drückte sie noch einmal die Türklinke zum Besprechungszimmer herunter. Abgeschlossen, wie erwartet. Ob Lemke und Brest ihr provisorisches Büro überhaupt genutzt hatten, entzog sich ihrer Kenntnis. Kopfschüttelnd verließ sie das Büro. »Lass uns ne Runde gehen, ich brauch deine Meinung«, sagte sie forsch zu Hansen und schritt energiegeladen voran.

»Renn nicht so, ich habe gerade einen zweistündigen Marsch hinter mir!«, grummelte er, aber sie hörte die Freude in seiner Stimme.

»Wer rastet, der rostet! Lass uns an der Abrissvilla vorbeigehen!«

Die Baustelle lag verlassen hinter den Absperrbändern. Ein Streifenwagen stand an der Straße und bewachte das Areal. Natürlich war Lemke den Beamten gegenüber weisungsbefugt und konnte über Manpower und Gerät der Wache verfügen.

Die Beamten stiegen aus, und Hansen wandte sich an den Älteren der beiden: »Fiedler, was machen Sie denn hier?«

»Moin, Hauptkommissarin Brodersen«, grüßte der Kollege seine Vorgesetzte, bevor er die Frage beantwortete: »Das BKA möchte den Fundort der Leiche rund um die Uhr bewacht haben. Ein Tresorraum aus dem Zweiten Weltkrieg könnte Neugierige anlocken.«

Bente war klar, dass Lemke und Brest Hakenkreuz und Reichsadler an der Tresorraumwand entdeckt und die Informationen, die Ruth Ahrends ihnen über die Vergangenheit dieser Villa geliefert hatte, ebenfalls eingeholt hatten. »Wie weit sind die Kollegen denn?«, fragte sie und versuchte, nicht neugierig zu klingen.

»Das Skelett wurde nach Kiel in die Gerichtsmedizin gebracht, die Baustelle ist stillgelegt und die KTU hat leichtes Gerät angefordert.«

Hansen stutzte und runzelte die Stirn.

»Wofür?«

»Morgen trifft ein Team von Geophysikern ein. Sie werden jeden einzelnen Stein umdrehen, um nach weiteren Spuren zu suchen.«

»Das BKA verfügt über Mittel, an die wir als kleine Dienstelle, die wir nun mal sind, niemals rankommen würden«, murmelte Bente.

»Viel bekommen wir nicht mit, aber irgendwie scheint das hier ne große Sache zu sein«, meldete sich der jüngere Kollege zu Wort.

»Wie kommen Sie darauf?«

»Das sind die Worte von Brest, die er in einem Telefonat gesagt hat, ich stand nur wenige Meter entfernt«, erklärte er achselzuckend.

»Dann noch ne ruhige Schicht«, nickte Bente ihnen zu und ging langsam weiter Richtung Strand. Hansen sprach noch kurz privat mit Fiedler, holte sie aber Höhe Strandstraße ein.

»Verrückte Geschichte! Ich denke, der Mord an diesem Robert Donati ist das kleinste Problem in den nächsten Tagen. Dieser Tresorraum wird Anlaufpunkt für alle möglichen Leute sein!«, seufzte er.

»Wie meinst du das?«

»Reichsbürger, Verschwörungstheoretiker, jede Menge Geschichtsexperten und solche, die sich dafür halten, und natürlich die Presse. Also nicht nur die uns vertrauten Journalisten von der *Sylter Rundschau*, sondern aus der ganzen Republik!«

Bente nickte geistesabwesend und sprach schließlich ihren Gedanken aus: »Ja, es ist sicher eine Sensation mit diesem Tresorraum, aber es war lediglich der Name Robert Donati, der das BKA in Lichtgeschwindigkeit auf den Plan rief!«

Hansen blieb stehen. »Stimmt, die Tatsache, dass der Tresor aus Hitlerzeiten stammt, hätte nicht das BKA, sondern eine Denkmalbehörde interessiert!«

»Also müssen wir etwas über den Toten herausfinden, aber weißt du, was mich wirklich wurmt?« Bente stampfte trotzig mit dem Fuß auf.

Hansen hob stumm eine Augenbraue.

»In meinem Bezirk ist ein Mord geschehen und ich muss daneben stehen und darf nicht ermitteln!«

»Streng genommen ist der Mord in meiner Amtszeit geschehen und geht dich gar nichts an«, frotzelte er.

»Dummes Zeug!« Bente schüttelte grinsend den Kopf. Dieser Fall verband sie irgendwie und tatsächlich war der alte Hansen ihr eine echte Hilfe, nicht nur wegen Ulrike. Sie schüttelte den Gedanken an das Skelett im Tresorraum ab und konzentrierte sich auf die Einbruchserie, zu der sie seine Meinung hören wollte. Was war nur mit ihr los, dass sie seinen Rat einholte? Sie hatte das unbestimmte Gefühl, hier auf Sylt nicht nur eine neue Heimat, sondern auch eine Art Familie in ihrem Team gefunden zu haben. Das lag vor allem an Eriks Einfluss in ihre Gefühlswelt! Immer dieses Reflektieren und Emotionen zulassen! Das hatte sie schon einmal erlebt und dafür die Quittung bekommen! War sie denn zu blöd, aus Fehlern zu lernen? Die Ehe mit Lutz hatte für sie in einem Desaster geendet: Geschieden, alleinerziehend und innerhalb des Präsidiums dem Verdacht ausgesetzt, von der Korruption ihres Mannes gewusst zu haben! Niemals wieder eine Beziehung zu einem Kollegen, hatte sie sich geschworen, keine privaten Kontakte oder einen Vertrauensvorschuss, lediglich erfolgsorientierte Zusammenarbeit und ein Mindestmaß an Informationsaustausch im Sinne der

Ermittlungen! Diese Gedanken waren nicht neu, aber Erik würde ihre Zweifel heute Abend nicht vertreiben, weil er nun mal nicht da war!

»Wir haben gestern Nacht eine seltsame Einbruchserie hier auf der Insel gehabt«, eröffnete sie Hansen.

»Hab davon gehört!«

»Wie konnte ich vergessen, dass du immer noch über alles Bescheid weißt.« Sie wusste nicht, wie sie damit umgehen sollte. Irgendwie störte es sie, aber oft genug waren seine Kontakte wertvoll gewesen.

Er hob entschuldigend die Schultern und warf einen Stock über den Strand. Mittlerweile hatten sie Westerland hinter sich gelassen und die Sonne stand schon tief.

»Und? Was daran ist seltsam?«

»Nirgendwo wurde etwas gestohlen, jedenfalls nichts, von dem die Bewohner wüssten. Es gibt keine offensichtlichen Gemeinsamkeiten.«

»Vielleicht verschweigen alle vier Hauseigentümer etwas?«

Bente grübelte kurz und erinnerte sich an die resolute Frau Gessen, die die Polizei beinahe mit einem Besen vertrieben hätte. Hatte sie tatsächlich etwas verschweigen wollen? Das Ehepaar Witt, die Marmeladenfrau oder die Witwe Rabena, in deren Villa in Hörnum ebenfalls eingebrochen worden war. Bente und Heike hatten sie zuletzt aufgesucht. Sie war kurzentschlossen ins Hotel gezogen, da sie sich in ihrem Haus nicht mehr sicher fühlte.

Offensichtlich spielte Geld bei ihr keine Rolle. Sie alle hatten nicht den Eindruck gemacht, als hätten sie etwas zu verbergen. Sie schüttelte den Kopf.

»Glaube ich nicht!«

»Das ist wirklich seltsam, es muss irgendein Muster geben!«

Bente nickte und sah hinaus auf die graublaue Nordsee, die sich mit der Flut das Land zurückeroberte. Sie liebte das Spiel der Gezeiten und genoss die Weite des Strandes bei Ebbe ebenso sehr wie die brandende Flut mit den hohen Wellen.

Kapitel 19

Der Mond stand hoch am Himmel, als er die Terrassentür mit einem Schraubenzieher aufhebelte. Es war leicht gewesen, die Alarmanlage zu deaktivieren. Das reetgedeckte Haus in Rantum war das zweite in dieser wolkenverhangenen Nacht. Sein Kollege hatte sich die leere Garage angesehen. Der Wagen, ein BMW Geländewagen, stand auf der Auffahrt. Leise ließ er das Türelement aufschwingen. Die Küche war groß und ging in den Wohnbereich über. Mit einem Handzeichen bedeutete er seinem Begleiter, sich oben umzusehen, er selbst würde das Erdgeschoss durchsuchen. Es raschelte unter ihren Füßen und in dem Moment, als ihm klar wurde, dass sie im richtigen Haus waren, erkannte er die Falle. War er nachlässig geworden, dass ihm das nicht vorher aufgefallen war? Die Chance, den Niederländer hier auf der Insel zu finden, war hoch gewesen und nun hatten sie ihr Ziel erreicht. Aber der Spieß war umgedreht worden, sie waren wie Anfänger in diese Falle getappt. Bevor er seine Waffe ziehen konnte, fielen zwei Schüsse.

Kapitel 20

Auf dem Nachttisch brummte das Handy und riss Bente aus einem wirren Traum. Schlaftrunken griff sie danach.

»Ja!« Sie rieb sich die Augen, während Ulrike nur mit dem Schwanz wedelte, was sich anhörte, als klopfte jemand einen Teppich aus.

Ein Kollege von der Wache berichtete in knappen Worten, was geschehen war.

»Bin unterwegs!«, murmelte sie und vergrub für einen Moment ihren Kopf im Kissen. Auch wenn es bereits halb sechs war und die Morgendämmerung eingesetzt hatte, fühlte sie sich unausgeschlafen.

Zwanzig Minuten später stand sie mit einem Coffee to go auf dem Dünenparkplatz hinter Rantum. Hier war eine der schmalsten Stellen der Insel. Bente kannte den Parkplatz gut. Hinter den Dünen befand sich der Hundestrand, wo sie häufig mit Ulrike spazieren ging.

Zwei Streifenwagen und ein Minivan der KTU waren schon auf dem sonst leeren Parkplatz. Zeitgleich mit ihr war ein Taxi angekommen, aus dessen geöffneter Hintertür jetzt zwei Krücken herausragten. Sie öffnete die Schiebetür des Bullis und befahl Ulrike, zu warten.

»Flackner, ich dachte, du bist krankgeschrieben?«

»Und ich dachte, du unternimmst etwas gegen die Belagerung meines Labors! Die Kollegen vom BKA sind wie die Heuschrecken bei uns eingefallen und reißen alles an sich!« Er brauchte einen Moment, um die Balance zu finden.

»Keine Chance, in der Dienststelle läuft es ähnlich, wir sind zum Fußvolk degradiert!«, erwiderte Bente mürrisch.

»Und du denkst, du kannst uns auf Krücken unterstützen?«

»Wie sagte Obelix einst? An sieben Krücken musst du gehen!«

Bente staunte. Er las Asterix und Obelix? »Ich bin nicht zu Späßen aufgelegt, Flackner!«, erwiderte sie trocken und ging voraus zu dem Fundort.

Auf einer Plastikplane lagen zwei männliche Leichen. Drei Mitarbeiter der KTU inspizierten die nähere Umgebung und machten von allen Seiten Fotos. Die Streifenbeamten zogen die flatternden Absperrbänder um den Fundort.

»Moin!«, grüßte Friedrichs sie. »Beide Kopfschuss! Sieht nach Hinrichtung aus!«

»Wer hat die beiden gefunden?«

Er deutete auf einen Mann, der neben dem Streifenwagen stand. »Ein Tourist, ist seit vier Tagen in Rantum eingemietet und geht morgens am Strand joggen.«

Flackner war herangehumpelt und verschaffte sich einen Überblick. Einer seiner Mitarbeiter setzte ihn ins Bild, während Bente zu dem Jogger ging. »Kriminalhauptkommissarin Brodersen. Sie haben die Leichen entdeckt und die Polizei gerufen?«

»Ja, diesen Anblick hätte ich mir gern erspart!«

»Kann ich mir vorstellen!«

Sie sahen sich wortlos an. Bente ließ ihm etwas Zeit.

»Mir fiel ein Dutzend kreischender Möwen über dieser Stelle auf, als ich die Düne runterlief. Ich dachte, dass hier jemand seinen Müll hingeworfen hat, aber als ich näher kam, sah ich einen Schuh, also an einem Bein ...«

Bente war in ihren Dienstjahren bei der Kripo zwar an den Anblick von Leichen gewöhnt, konnte sich aber gut vorstellen, wie der Jogger sich fühlte.

»Ich weiß nicht, warum ich näher rangegangen bin, irgendwie dachte ich, helfen zu müssen!«, seufzte er und schüttelte sich.

»Um welche Uhrzeit war das?«

»5:21 Uhr, ich habe die Zeit gestoppt, als ich den Parkplatz erreichte.«

»Sind Ihnen irgendwelche Personen oder Fahrzeuge aufgefallen?«

»Nein, der Streifenwagen kam zehn Minuten nach meinem Anruf, bis dahin war weit und breit niemand zu sehen.«

»Danke, Ihre Personalien haben wir, ein Kollege fährt Sie nach Hause«, verabschiedete Bente sich.

Sie sah im Licht der aufgehenden Sonne über den asphaltierten Platz mit dem Fischgrätmuster der gekreideten Parkflächen. Es würde nicht lange dauern, bis die ersten Touristen kommen würden.

Das *Taatjem Deel* lag auf dem Weg zum Strand und war mit seinem hervorragenden Frühstück Anlaufpunkt für zahlreiche Urlauber. Sie selbst besuchte das in den Dünen liegende Restaurant regelmäßig nach einem ausgedehnten Spaziergang, um auf der Terrasse einen Kaffee zu trinken und die Aussicht zu genießen.

Bente duckte sich unter das Absperrband hindurch und ging zu Flackner, der auf einem Campingstuhl neben den Leichen saß und seine Mitarbeiter dirigierte.

»Rigor Mortis noch nicht abgeschlossen. Geschätzter Todeszeitpunkt zwischen Mitternacht und 2 Uhr.«

Bente sah ihn stirnrunzelnd an.

»Rigor Mortis, Latein für Leichenstarre!«, erklärte er.

»Das weiß ich! Aber was soll das hier werden?«, erwiderte sie und deutete auf den Campingstuhl.

»Camping mit Leichen ist der letzte Schrei! Der Trend ist vom Festland zu uns rübergeschwappt«, lachte er.

»Spar dir solch unangebrachte Bemerkungen! Du solltest wissen, dass dein morbider Humor mich abstößt, also reiß dich gefälligst zusammen!«

»Krieg dich wieder ein, Brodersen, wenn du meine Hilfe nicht ...«

»Nein!«, schnitt Bente ihm das Wort ab und stockte, als alle Anwesenden sie erschrocken ansahen. Erst jetzt wurde ihr bewusst, dass sie geschrien hatte. Die ganze Situation mit den BKA- Kollegen, Eriks Abwesenheit und Ulrikes Verbannung aus dem Büro nahmen sie mehr mit, als sie sich eingestehen wollte.

Während die Mitarbeiter geflissentlich die Arbeit wiederaufnahmen, reagierte Flackner gelassen: »Unangebracht ist auf jeden Fall, zwei Menschen mit Kopfschuss zu töten und wie Müll auf einem Parkplatz zu entsorgen!«

Bente deutete auf die Leichen. »Irgendwelche Hinweise auf ihre Identität?«

»Nichts, keine Brieftaschen, Schmuck, Uhren oder irgendwelche Schlüssel. Im Labor werden wir die Fingerabdrücke ins System geben, vielleicht landen wir einen Treffer.«

Bente zog sich ein Paar Latexhandschuhe über und hockte sich zwischen die toten Männer. Sie schob bei beiden die Ärmel am linken Arm hoch und deutete auf die blasse Haut oberhalb der Knöchel. »Die Uhren müssen ihnen abgenommen worden sein.«

»Du glaubst, es könnte sich um Raubmord handeln?«, fragte Flackner zweifelnd.

»Nein, ich glaube, dass wir es mit einem professionellen Täter zu tun haben! Diese Männer wurden aus nächster Nähe quasi hingerichtet. Erst der tote Mafioso in dem Tresorraum aus der Hitlerzeit und jetzt das hier!«

»Mafioso? Ist mir irgendwas entgangen?«

»Robert Donati, der Tote aus dem Tresor, war in den späten Achtzigern in der Bostoner Mafiaszene unterwegs«, klärte Bente ihn auf.

»Boston in den USA?« Flackners Stimme schnellte zwei Oktaven höher.

»Nee, Flackner, Boston zwischen Keitum und Morsum!«, stöhnte Bente auf. Die Eigenart der Inselbewohner, nicht über den Tellerrand hinauszusehen, war ihr in den letzten Jahren mehrfach aufgestoßen. Die meisten Einheimischen konnten nicht mal schwimmen, obwohl sie auf einer Insel lebten!

Flackner grinste anerkennend. »Was haben wir hier auf Sylt denn plötzlich mit Übersee und der Mafia zu tun?«

»Wenn das BKA davon Wind bekommt, übernehmen die diesen Fall gleich mit«, murmelte Bente nachdenklich.

»Dann sollten die Leichen zu mir auf den Tisch, bevor die Kollegen vom BKA aufwachen«, nickte Flackner und warf einen Blick auf seine Armbanduhr. »Uns bleiben knapp zwei Stunden!«

Bente stoppte seinen Aktivismus mit einer Armbewegung und sah in die aufgehende Sonne.

Heike hatte sich gestern verausgabt und es war nicht sicher, ob sie heute in die Dienststelle kommen würde. Bente wog das Für und Wider ab und wählte schließlich die Nummer auf ihrem Handy.

»Wo brennt's, Brodersen?«, meldete Hansen sich schlaftrunken.

»An allen Ecken, aber aktuell gibt's zwei unidentifizierte, männliche Leichen, die mit Kopfschuss hingerichtet wurden. Ich hätte nichts gegen einen Morgenspaziergang ...«

»Kein Problem, in einer Stunde am *Miramar*?« Jetzt klang seine Stimme kräftig und vor allem hörte sie die Freude heraus.

»Hansen, schalt mal einen Gang runter, ich hab dich angerufen, weil mein Team nicht da ist und ich ne zweite Meinung brauch!«

»Schon klar, Brodersen, ist mir egal, ob als Aushilfe oder Hundesitter, Hauptsache, ich hab was um die Ohren!«, lachte er und legte auf.

Erstaunt stellte Bente fest, dass sie sich auf den Gedankenaustausch mit Hansen freute. Noch vor einigen Monaten hätte sie gerade ihn niemals um Hilfe gebeten. Und auch niemand anderen.

Kapitel 21

In der Dienststelle brannte kein Licht, aber Bente prüfte trotzdem, ob Lemke und Brest bereits dort waren. Erwartungsgemäß war die Tür zum Besprechungszimmer abgeschlossen und sie kehrte zurück zum Bulli, um Ulrike herauszulassen. Auf dem Weg zur Promenade lag die Abrissvilla, davor erkannte Bente neben dem Streifenwagen mehrere Minivans, aus denen zahlreiche Personen in Papieroveralls stiegen. Sie drosselte ihr Tempo und grüßte den Polizeibeamten, der die Absperrung bewachte. Er erkannte sie und hob einladend das Absperrband, damit sie darunter durchgehen konnte. Spontan befahl sie Ulrike, auf dem Bürgersteig zu warten, und betrat das Gelände. Zwei Minibagger legten den Eingang zum Tresorraum frei und sie erkannte Lemke und Brest, die ihr den Rücken zukehrten. Offenbar hatten sie ihren Dienstbeginn an die Zeit der Bauarbeiter angeglichen. Es würde ihre Kooperationsbereitschaft zeigen, die Kollegen vom BKA persönlich und umgehend über den Fund der Leichen zu informieren. Vielleicht wäre eine Zusammenarbeit doch noch möglich?

Plötzlich sprang einer der Baggerführer wild gestikulierend aus dem Führerhaus und rief aufgebracht: »Stopp, sofort stoppen!« Alle Anwesenden eilten zu ihm und Bente sah, worauf sein ausgestreckter Arm zeigte. Sie erinnerte sich an die Worte von Brest, die der Kollege gehört hatte: *Die Sache wird immer größer!*

Ohne Lemke und Brest aus den Augen zu lassen, trat sie den Rückweg an. Sie hatten sie nicht bemerkt. Die Meldung von dem Doppelmord konnte warten!

Kapitel 22

Im Flur standen einige Holzkisten bereit und im Schlafzimmer lag ein großer Koffer auf dem Bett.

Bei der Aussicht auf die Zukunft seufzte sie traurig. Hier auf Sylt hatte sie eine Heimat gefunden und es fiel ihr schwer, dieser schönen Insel Lebewohl zu sagen. Für einen Neubeginn fühlte sie sich zu alt, aber es gab keine Alternative. Wehmütig ging sie durchs Haus und betrachtete ihre Schätze. Jedes dieser Werke war ihr ans Herz gewachsen, aber einige würden zurückbleiben müssen. Sie war nach Vincents Tod quer durch alle Kontinente gereist, immer auf der Flucht vor ihren Verfolgern. Hier, im äußersten Norden Deutschlands, war sie zur Ruhe gekommen und die Angst war in Vergessenheit geraten. Müde schüttelte sie den Kopf. Dann straffte sie die Schultern und konzentrierte sich auf das Notwendige. Sorgsam verstaute sie die wichtigsten Stücke in den Holzkisten, füllte ihre persönlichen Sachen in den Koffer und sah schließlich auf die Uhr. Es tat ihr nicht leid, die beiden Spürhunde ausgeschaltet zu haben, aber ihr Tod bedeutete, dass sie ihren Auftrag erfolgreich ausgeführt hatten. Sie war enttarnt worden.

Kapitel 23

Auf dem Weg zur Promenade dachte Bente an den Fund auf der Abrissstelle der Villa. Der Bagger war auf menschliche Knochen gestoßen. Aus dem einzelnen Skelettfund von Robert Donati war so etwas wie ein Massengrab geworden. Bente erinnerte sich an die Aussage des Baggerführers, dass der Zugang zum Tresorraum gesprengt worden sein musste. Waren dabei mehrere Menschen zu Tode gekommen oder würde das Labor herausfinden, dass der Todeszeitpunkt viel früher lag, vielleicht zur Zeit des Zweiten Weltkriegs, als der Tresor errichtet wurde?

Ihre Gedanken kreisten um die beiden Leichen und den aktuellen Knochenfund. Zufälle gab es nicht, das hatten sie die Jahre bei der Polizei gelehrt. Zwar lagen annähernd dreißig Jahre zwischen diesen Morden, aber es musste einen Zusammenhang geben!

Ulrike hob witternd die Schnauze und preschte vorwärts. Hansen stand am Geländer zum Strand und zog bereits eine Frikadelle aus der Tasche. Gierig verschlang Ulrike die abgebrochenen Stückchen. Als Bente die beiden erreichte, warf Hansen einen Ball Richtung Wasser.

»Moin.«

»Moin.«

Schweigend folgten sie der Hündin die Stufen zum Strand hinunter und schlugen den Weg Richtung Wenningstedt ein. Eine frische Brise wehte den trockenen Sand in ihre Gesichter und sie kniffen die Augen zusammen.

»Ich bin an der Abrissvilla vorbeigegangen und just in dem Moment, als ich davorstand, beförderte der Bagger menschliche Knochen aus dem Erdreich vor dem Eingang zum Tresorraum!«

Hansen fiel vor Überraschung die Kinnlade herab.

Bentes Stimmung hellte sich auf. »Dass ich dir an einem Tag gleich zweimal ne Neuigkeit berichten kann!«, grinste sie ihn an.

Hansen nickte nachdenklich. »Wo sind die Leichen gefunden worden?«

»Auf dem Dünenparkplatz vorm *Taatjem Deel*, zwei Männer um die fünfunddreißig, sie waren in eine Plane eingewickelt und ein Jogger wurde wegen der Möwen aufmerksam.«

»Klingt nach Profikiller.«

Als Bente das Wort aus seinem Mund hörte, klang es seltsam. Profikiller war ein Ausdruck aus dem Fernsehen und passte nicht in das Landschaftsbild von Nordfriesland. Hier war alles rau und geradeaus, die Natur ebenso wie die Menschen.

»Ich bin noch nicht dazu gekommen, die Kollegen vom BKA über die Morde zu informieren, Flackner hat die Leichen auf dem Tisch und vielleicht findet er etwas, bevor wir auch von diesem Fall abgezogen werden.«

»Liegt auf der Hand, dass es da einen Zusammenhang gibt«, murmelte Hansen. »Ich will dir nicht sagen, was du tun oder lassen sollst, aber wir sind hier auf einer Insel und die Kollegen von der Wache sind auf deiner Seite, also hol dir Unterstützung!«

»Du willst mir sagen, dass wir alle eine große Familie sind, wie bei den *Waltons*?«, seufzte Bente. Jetzt vermisste sie Erik auch noch als Kollegen.

Hansen nickte.

In Gedanken versunken, setzten sie ihren Weg fort und bogen in die Straße ein, wo er wohnte. Bentes Handy klingelte.

»Wir melden uns zum Dienst, Chefin!«, riefen Klemme und Heike im Chor.

»Ihr seid krankgeschrieben!«, mahnte sie zerknirscht. »Das ist versicherungstechnisch schwierig!«

»Deshalb war ich schon beim Arzt und habe mich gesund schreiben lassen!«, verkündete Heike stolz. »Klemme stattet dem Büro lediglich einen Besuch ab, das ist erlaubt, aber wo steckst du, Brodersen?«

»Hansen und ich sind in zehn Minuten da, setz einen Kaffee auf!« Sie legte auf und winkte Hilde zu, die in der Haustür stand und eine weitere Frikadelle an Ulrike verfütterte. Hansen fuhr sein Auto aus der Garage und hielt neben ihr. Acht Minuten später öffnete Bente die Bürotür und nahm den Kaffeebecher von Heike entgegen.

»Läuft!«, grinste sie zwischen zwei Schlucken.

»Habt ihr es schon gehört?«

Klemme nickte. »Wenn erst das Skelett eines Mafioso in einem Geheimtresor gefunden wird und kurz darauf zwei Männer mit Kopfschuss getötet werden, liegt es selbst für uns Hinterwäldler auf der Hand, dass das organisierte Verbrechen nach Sylt gekommen ist, oder?« Er humpelte auf Krücken zu seinem Schreibtisch und ließ sich stöhnend auf den Stuhl fallen. »Also, was haben wir?«

Bente informierte ihr zahlenmäßig vollständiges Team über die Knochenfunde am Eingang des Tresors. »Lemke und Brest werden die gleichen Schlüsse wie wir ziehen und die Morde an den beiden Männern ebenfalls an sich reißen.«

»Also können wir nichts machen?«, fragte Heike verzweifelt.

»Doch, wir machen unseren Job, bis wir davon abgehalten werden!«, erwiderte Bente entschlossen.

»Wir finden heraus, was auf unserer Insel vor sich geht!« Gerade erst hatte Hansen ihr etwas von Familie und Zusammenhalt erzählt. Heike, Klemme und Flackner verrichteten trotz

Erkrankung ihren Dienst, weil sie ein Teil der Gemeinschaft waren. Unwirsch schob sie die gefühlsduseligen Gedanken beiseite. »Zuallererst kümmern wir uns um die Identität der erschossenen Männer!« Sie skizzierte ein Organigramm auf das Clipboard. Außer Robert Donati hatten sie keine Namen, sondern lediglich Fragezeichen und Todeszeitpunkt.

»Spielen die Einbrüche eine Rolle oder klammerst du die aus?«, fragte Heike, als Bente sich wieder zu ihnen umwandte.

»Wir haben keine andere Spur, als die aktuellen Ereignisse miteinander zu verbinden, also ja, die Einbrüche spielen eine Rolle!« Sie schrieb die Namen der Geschädigten auf die untere Hälfte des Boards. Dann berichtete sie von Flackners Auftritt am Fundort der Leichen und reichte Klemme ihr Handy, damit er die Fotos auf den Rechner spielte.

»Ich dachte, er ist außer Gefecht?«, rief Heike verblüfft.

»Nicht mehr und nicht weniger als ihr beide!«, entgegnete Bente und grinste sie und Klemme an.

»Typisch Günther!«, brummte Hansen. »Der lebt für die Toten!«

»Wer auch immer die beiden waren, sie müssen irgendwo übernachtet haben! Klemme, kannst du die Gesichter so herausschneiden, dass wir damit an die Hotelrezeptionen gehen können?«

»Du meinst, ohne dass Blut und Einschussloch zu sehen sind?« Er studierte die Fotos und schüttelte bedauernd den Kopf. »Keine Chance, aber mal sehen, was das Bearbeitungsprogramm hergibt ...« Seine Finger flogen über die Tastatur.

Heike warf einen kurzen Blick auf die Fotos und verspürte sofort einen Brechreiz. Bente sah, dass ihre junge Kollegin tapfer schluckte, und lächelte ihr aufmunternd zu. Irgendwann würde sie sich an den Anblick von Leichen gewöhnen.

»Die wiegen zusammen mindestens hundertachtzig Kilo, der Transport zum Parkplatz muss eine Riesenkraftanstrengung gewesen sein«, murmelte Hansen.

»Wahrscheinlich handelt es sich um zwei Täter«, stimmte Bente ihm zu. In diesem Moment klingelte ihr Handy und Klemme reichte es ihr.

»Hast du was gefunden, Flackner?«

»Ja, allerdings noch nichts, was die Leichen betrifft, die werden gerade auf den Tischen vorbereitet.« Seine Vorfreude auf die anstehenden Obduktionen war abstoßend.

»Weshalb rufst du dann an?«

»Weil wir auf dem Parkplatz Spuren gefunden haben.«

»Nun lass dir nicht alles aus der Nase ziehen, Flackner!«

Zufrieden seufzte der Gerichtsmediziner. Er legte großen Wert auf die volle Aufmerksamkeit bei der Verkündung seiner Ergebnisse. »Bei der Plastikplane handelt es sich um ein Gewebe, das sehr fest ist, geeignet für die Abdeckung von Segeljachten oder Baustellen, also absolut reißfest und wasserundurchlässig. Aber es gibt Abriebspuren und sogar kleine Einrisse an dieser Plane, also habe ich meine Leute noch einmal über den Parkplatz gejagt. Tatsächlich ließ sich anhand der gefundenen Abriebspuren der Weg verfolgen, auf dem die Leichen entlanggeschleift wurden.«

Bente runzelte nachdenklich die Stirn. »Was bedeutet das?«

»Die Plane diente sozusagen als Schleppnetz, die Leichen sind darin eingewickelt auf den Parkplatz gezogen worden.«

»Natürlich! Mit einem Auto!«, rief Heike.

In Bentes Magen kribbelte es. Das war eine echte Spur! »Gibt's Reifenspuren?«

»Das ist ein Parkplatz, Brodersen!«

»Ist mir bewusst!«

»Mehrere Reifenprofile wurden um den Fundort herum sichergestellt, meine Leute werten die aus, aber ich kann euch etwas zu der Tatwaffe sagen, stell mal auf Kamera um, Brodersen!«

Bente warnte Heike mit einem Blick und im nächsten Moment erschienen die Leichen auf den Alutischen auf dem Handydisplay.

»Die Schüsse sind jeweils auf der linken Kopfseite eingeschlagen und auf der anderen Schädelseite nicht wieder ausgetreten.«

»Kleines Kaliber!«, schlussfolgerte Bente.

»Ja, die Schmauchspuren an den Wunden zeugen von einem geringen Abstand, weniger als drei Meter«, erklärte Flackner.

»Wurde ein Schalldämpfer benutzt?«

»Ist naheliegend, aber jetzt seh ich mir die beiden von innen an und melde mich danach wieder.« Damit legte er auf.

Heike schüttelte sich. »Ich höre ihn förmlich die Messer wetzen, als würde er vor einem Festmahl den Braten aufschneiden. Er ist mir echt unheimlich!«

»Aber er liefert Ergebnisse, mit denen wir arbeiten können! Wenn die Leichen hinter einem Auto hergezogen wurden, dann schränkt es den Radius des Tatorts ein.«

»Auf einer Plane erschossen, um keine Spuren am Tatort zu hinterlassen, ist echt abgebrüht, oder? Würde mich auch ohne diesen Donati sofort an Mafia denken lassen!«, seufzte Klemme erschüttert.

»Also sollten wir uns in Rantum umsehen, von dort ist es nicht weit zum Parkplatz«, sagte Heike.

»Da ist noch etwas!« Bente rieb mit zwei Fingern ihr Kinn. »An dem Eingang zum Tresorraum wurden heute Früh menschliche Knochen gefunden.« Sie erzählte ihren Kollegen, was sie an der Villa gesehen hatte.

»Dort hat sich in der Vergangenheit etwas ereignet, was seine Schatten ins Hier und Jetzt wirft. Offensichtlich ist es noch nicht abgeschlossen«, brummte Hansen.

»Klemme, konzentriere dich auf Reinefarth, diesen Nazi-Bürgermeister! Vielleicht stößt du auf eine Verbindung zu den Einbruchsopfern oder auf irgendetwas anderes, was uns weiterhilft. Alles kann von Bedeutung sein!«

Hansen meldete sich zu Wort: »Ich könnte Besuche bei Bekannten machen, die in der Nähe der Häuser wohnen, in die eingebrochen wurde. Der Nachbarschaftsklatsch interessiert mich zwar nicht, aber manchmal ergeben sich Hinweise.«

»Sehr gut, irgendwas müssen diese Leute gemein haben, und sei es ein Aquarium oder so! Guck dir auch die Autos an, wenn sie denn eines haben! Heike und ich sehen uns in Rantum um.«

Die Tür wurde geöffnet und Friedrichs trat ins Büro. »Die Einbruchserie reißt nicht ab!« Er wedelte mit einem Ausdruck in seiner Hand.

Kapitel 24

Erst vier Einbrüche in einer Nacht und jetzt ein einziger ..., bin gespannt, ob etwas geklaut wurde!«, grübelte Heike halblaut.

Bente lenkte den Bulli über die Breslauer Straße zu einem Haus, das nahe der Kleingartensiedlung an der Tinnumburg lag. »Dass es sich nicht um eine typische Diebestour handelt, war gestern schon klar. Vielleicht haben die Einbrecher in diesem Haus gefunden, wonach sie suchten.« Sie parkte neben dem Streifenwagen, der vor der roten Backsteinvilla im Friesenstil stand. Ein typischer Spitzgiebel ragte über der doppelflügeligen Haustür auf. Das Reetdach war erst vor kurzem neu eingedeckt worden. Es leuchtete wie ein Weizenfeld in der Sonne und die Kanten waren akkurat geschnitten. Zur Straße hin blühten die Bauernrosen auf dem Friesenwall, im Vorgarten standen mehrere knorrige Apfelbäume, deren Äste sich unter dem Gewicht der reifen Früchte bogen. Ein Mann hatte ihre Ankunft offenbar durch das Fenster beobachtet und öffnete die Haustür.

»Moin, Nickelsen, ich habe den Einbruch gemeldet. Die sind hinten durch die Terrassentür reingekommen.«

»Moin, Brodersen und meine Kollegin Röder, Sie wohnen hier?«

Er schüttelte den Kopf und führte sie durch die Diele ins Wohnzimmer, wo die Terrassentür offen stand. »Nee, seh ich so aus?« Er zeigte auf seinen Arbeitsoverall. »Ich bin der Hausmeister und halte alles in Ordnung, damit es schön ist, wenn die Besitzerin herkommt.«

»Wer ist denn die Besitzerin?«, hakte Heike nach, während Bente sich Latexhandschuhe überstreifte und sich umsah.

»Frau Cleo, sie wohnt in Amsterdam und kommt nur manchmal für ein paar Wochen her. Ich habe sie noch nicht erreicht!«

Das Team der SpuSi kam um die Hausecke in den Garten, grüßte und machte sich an die Spurensuche.

»Können Sie sagen, ob etwas gestohlen wurde?«, wandte Bente sich an den Hausmeister.

Er schüttelte den Kopf.

»Ist nichts gestohlen worden oder können Sie es nicht sagen?«

Verwirrt schüttelte er wieder den Kopf und erklärte: »Weiß nicht, hier drinnen halte ich mich selten auf, nur, wenn mal ein Wasserhahn tropft oder ne Glühbirne kaputt ist. Dann bekomme ich Bescheid von der Reinigungsfirma, die können eher sagen, ob was fehlt.«

Bente signalisierte Heike wortlos, den Mann weiter zu befragen. Sie selbst konzentrierte sich auf die Begehung des Hauses. Genau wie in den anderen Häusern deutete nichts auf den ungebetenen Besuch hin. Die Einrichtung war geschmackvoll, wirkte jedoch ungemütlich. Es fehlte die persönliche Note, was natürlich an der fehlenden Anwesenheit der Besitzerin lag. Auf einem Sideboard stand ein halbes

Dutzend silberne Bilderrahmen, an den Wänden hingen gerahmte Bilder. Unwillkürlich dachte sie an die Wände im Haus von Frau Zindel. Im Gegensatz zu hier war dort alles vertreten, egal, ob Kunst oder Kitsch. Am ehesten glich dieses Haus dem der Witts in Kampen, wenngleich diese Einrichtung wesentlich moderner war.

Alle Räume sahen unbenutzt aus. Im Bad hing kein Handtuch am Haken, nicht mal eine Bürste lag im Regal. Bente seufzte. Es gab auf Sylt so viele Häuser, die nur für einen Bruchteil des Jahres bewohnt waren. Welch Verschwendung!

Sie wandte sich an einen Kollegen der SpuSi:

»Sucht explizit nach Blutspuren!«

Er nickte. »Ich war heut morgen auch auf dem Parkplatz, wir suchen auch nach Gewebespuren von der Plane.«

»Super!« Es war ihr unangenehm, ihn nicht erkannt zu haben, aber Flackners Leute trugen nun mal diese Papieroveralls und sahen dadurch alle gleich aus!

Sie kehrte zurück ins Wohnzimmer zu den Fotos auf dem Sideboard. Auf mehreren war eine Frau zu sehen. Bente nahm eines der Bilder und ging in die Küche, wo Heike und der Hausmeister am Tresen standen. Sie hielt ihm das Foto hin. »Ist das Frau Cleo?«

»Ja, aber da war sie viel jünger, nächsten Monat wird sie achtzig, das soll hier gefeiert werden.«

Sie stellte den Bilderrahmen an seinen Platz zurück und sah sich der Reihe nach jedes einzelne Foto an. Auf einem war die Frau mit einem Dalmatiner, auf einem anderen hoch zu Ross in Reitkleidung. Plötzlich stockte Bente der Atem. Konnte das sein? Sie griff zu einem Schwarz-Weiß-Bild und war versucht, es mit den Fingern zu vergrößern, aber diesen zurückgekämmten Mittelscheitel, das schmale Gesicht und die abstehenden Ohren hatte sie doch gestern erst im *Cropinos* auf einem Foto gesehen! Das war Heinz Reinefarth, der einstige SS- Gruppenführer und spätere Bürgermeister von Westerland!

Bentes Pulsschlag schnellte nach oben. Das war die gesuchte Verbindung zwischen dem geheimen Tresor mit Donati darin und dieser Einbruchserie. Vorsichtig löste sie das alte Foto aus dem Rahmen. Auf der Rückseite stand *Warschau, Oktober 1944*. Ein weiteres Foto zeigte Reinefarth in einer Gruppe von SS-Uniformierten. Auf der Rückseite stand ebenfalls das Jahr *1944*.

Kapitel 25

W ann gedachten Sie, uns über die Morde zu informieren?«, polterte Lemke los, noch bevor er zur Tür
herein war.

Bente atmete tief durch. »Sie waren heute Morgen nicht
im Büro, aber natürlich habe ich sowohl der Zentrale in
Wiesbaden als auch dem LKA in Kiel umgehend Bericht
erstattet.« Tatsächlich hatte sie mit Wissner telefoniert und
seinen Vorschlag, eine offizielle Kooperationsanfrage an das
BKA zu stellen, dankbar befolgt. Wiesbaden hatte dieser Zusammenarbeit bereits zugestimmt, insbesondere ihr Hinweis
auf Reinefarth und seine etwaige Verbindung zu der Nazi-
Villa war ausschlaggebend für diese Zusage gewesen. Die
Kontakte zu Einheimischen könnten wichtige Informationen
bringen, hatte Wissner ihr ausgerichtet. Bente kannte den
Polizeiapparat in- und auswendig. Keine Behörde war von
den allgemeinen Sparmaßnahmen verschont geblieben, auch
das BKA nicht. Aus dem Fund der Leiche von Robert Donati war mittlerweile eine riesige Ermittlung geworden. Die
zweifelsfrei menschlichen Knochenfunde vor dem geheimen
Nazitresor, die Mafiaverbindung, eine Einbruchserie, deren

Zweck noch im Dunklen lag, und die beiden hingerichteten, unidentifizierten Männer, würden viele Beamte beschäftigen. Bente hatte dem BKA in Wiesbaden zugesichert, das die Kollegen der Polizeistation Sylt zur Verfügung standen.

Natürlich oblag die Leitung der Ermittlungen den Kollegen vom BKA, aber sie hatte umgehend Zugang zu den Ermittlungsergebnissen bekommen. Offensichtlich waren Lemke und Brest noch nicht darüber informiert worden. Sie wechselten einen ratlosen Blick.

Bente fuhr geschäftig fort: »Sämtliche Ermittlungsergebnisse finden Sie in der Akte. Die Leichen werden zur Stunde obduziert, eine Identifikation ist bislang nicht möglich gewesen, aber die Kollegen fragen in den Hotels.«

Lemke starrte sie ungläubig an, beherrschte sich aber zähneknirschend. Bente fragte sich irritiert, worauf sich seine Ablehnung begründete. Natürlich waren in den Jahren beim LKA auch Kollegen vom BKA zu einigen Fällen hinzugezogen worden, aber er hatte nie zu diesen gehört. »Mein Team und ich sowie die Kollegen von der Wache unterstützen Sie bei den Ermittlungen. Wir stehen sozusagen zu Ihrer Verfügung«, teilte sie ihnen achselzuckend mit.

»Tatsächlich haben wir bereits erste Ergebnisse vorzuweisen!« Sie wedelte mit einem Ausdruck und erkannte in Lemkes konsterniertem Blick, dass ihm bewusst war, von ihr ausgetrickst worden zu sein.

»Na, dann lassen Sie mal hören!«, forderte Brest sie auf.

Bente reichte ihm die Seiten und nickte Klemme zu. Er und Heike waren vorbereitet, die Informationen zu präsentieren.

»Laut gerichtsmedizinischem Gutachten ist der Fundort nicht der Tatort. Beide Leichen sind männlich, um die fünfunddreißig Jahre alt und jeweils durch einen Kopfschuss aus höchstens drei Metern Distanz getötet worden«, erklärte Klemme.

»Die Leichen wurden in eine widerstandsfähige Gewebeplane gewickelt und vermutlich hinter einem Auto hergezogen, bevor sie auf dem Parkplatz zurückgelassen wurden.«

»Die Untersuchung hat ergeben, dass die Männer sich bei Todeseintritt bereits auf dieser Gewebeplane befanden«, fügte Heike hinzu.

»Schmauchspuren und Schusswunden lassen auf die Nutzung eines Schalldämpfers schließen«, fuhr Klemme fort. »Der Todeszeitpunkt liegt zwischen Mitternacht und 2 Uhr, wir konzentrieren uns auf einen Radius von fünf Autominuten um den Fundort.«

Heike übernahm den nächsten Punkt auf der Liste. »Fingerabdrücke der Männer sind in der Datenbank nicht zu finden, genau wie bei Robert Donati. Eine Anfrage bei Interpol ist gestellt.«

Bente folgte den Ausführungen ihrer Kollegen zufrieden. Es war ihr wichtig, Heike und Klemme als professionell arbeitende Kommissare zu präsentieren. Sie würde es nicht zulassen, dass sie selbst oder einer ihrer Mitarbeiter zum Laufburschen degradiert wurde! Die Zusammenarbeit mit Lemke würde kein Zuckerschlecken werden, aber sie war gewillt, die Zähne zusammenzubeißen.

»Einen letzten Punkt habe ich noch«, ergriff Klemme das Wort. »Die Suche nach dem Fahrzeug, das die Leichen gezogen hat, gestaltet sich schwierig. Hier auf der Insel ist Spätsaison, da fallen fremde Kennzeichen nicht auf, zumal wir nicht wissen, nach was für einem Modell wir suchen.«

Lemke saß regungslos auf einem Stuhl und starrte mit gerunzelter Stirn auf seine Schuhspitzen, aber Brest nickte wohlwollend und wandte sich nach kurzem Zögern an Bente: »Gute Arbeit, haben Sie die Mietwagenfirmen gecheckt?«

»Nein, das ist noch nicht geschehen«, antwortete sie ohne Umschweife und hätte sich am liebsten selbst geohrfeigt. Darauf hätte sie kommen müssen! Die Ausführung der Morde ließ auf organisiertes Verbrechen schließen, da wurden meist Mietwagen genutzt, um Spuren zu verwischen.

»So bekommen wir vielleicht die Identität von einem der Männer«, murmelte Klemme und flog bereits mit den Fingern über die Tastatur.

»Sie können davon ausgehen, dass diese Leute mit gefälschten Identitäten agieren«, fügte Brest an.

»Wen meinen Sie mit *diese Leute*?«, mischte Bente sich in das Gespräch ein.

»Das haben Sie doch längst dem Bericht entnommen, oder?« Lemke sah sie regungslos an.

»In dem Bericht steht, dass Robert Donati sich innerhalb der Mafiaclans bewegt hat, allerdings vor knapp dreißig Jahren und in Boston. Die beiden Toten, die vergangene Nacht ermordet wurden, waren noch nicht mal in der Schule, als Donati in den geheimen Tresorraum gesperrt wurde. Die Nazis haben diesen Raum erbaut und nach dem Zweiten Weltkrieg erwarb eine argentinische Bank die Villa. Viele Nazigrößen haben sich damals nach Südamerika abgesetzt.«

»Ist ein bisschen arg weit hergeholt, Frau Kommissarin!«, grinste Lemke abfällig.

Verwundert darüber, wie sehr sie sich im Griff hatte, entgegnete sie gelassen: »Sylt hat eine sehr eigene Geschichte bezüglich der Nazivergangenheit. Ein hochdekorierter

SS-Mann war in den Sechzigerjahren Bürgermeister von Westerland. Er hatte eine Rechtsanwaltskanzlei, die den Verkauf der Villa nach Argentinien abgewickelt hat.«

Während Lemke verärgert aufstöhnte, riss Brest erstaunt die Augen auf. Diese Information war offenbar neu für sie.

Lemke blätterte konzentriert in dem Bericht, der vor ihm auf dem Tisch lag, während Brest sich an Bente wandte: »Die Vergangenheit der Villa ist uns sehr wohl bekannt, auch die Gerüchte um Martin Bormann, der sich in den Kriegsjahren mehrfach auf Sylt aufgehalten haben soll. Genaueres lässt sich darüber nicht in Erfahrung bringen. Morgen früh trifft eine Abteilung des Kultur- und Denkmalschutzes ein, um sich den Tresor genauer anzusehen. Dann wissen wir hoffentlich mehr.«

Lemke erhob sich und ging ungeduldig zur Tür. Brest folgte ihm, aber Bente hatte noch eine Frage.

»Warum?«

»Warum was?«, fragte Lemke genervt.

»Warum waren Sie so schnell hier?«

Er warf ihr einen abschätzigen Blick zu. »Steht in den Akten!« Damit knallte er die Tür hinter Brest und sich zu.

»Zusammenarbeit sieht anders aus!«, schüttelte Klemme fassungslos den Kopf.

»Na ja, du hast sie mehr oder weniger vorgeführt und vor vollendete Tatsachen gestellt, Brodersen.« Heike schenkte Kaffee nach. »Aber Lemke scheint was gegen dich zu haben!«

»Blitzmerker!« Bente rieb sich nachdenklich das Kinn. Die Ermittlungsakte des BKA zu dem Fall war sehr umfangreich und sie beschloss, sie am Abend bei einer Pizza durchzuackern. »Ich habe das Gefühl, dass sie sich gar nicht für die Villa oder den Tresor interessieren, geht euch das auch so?«

»Wir haben die Hinweise auf die NS-Zeit in dem Tresor erst am Abend nach der Entdeckung des Skeletts entdeckt.« Hansen trat ins Büro und hatte den letzten Satz gehört.

Sofort fragte Bente: »Wo ist Ulrike?«

»Der Bulli ist nicht abgeschlossen, ich hab sie da reingelassen.«

»Moin, Hansen«, begrüßten Heike und Klemme ihren ehemaligen Chef. »Was meinst du damit?«

»Dass das BKA ausschließlich wegen Robert Donati eingeflogen ist. Alles andere ist nur Nebenschauplatz!«

»Genau!«, nickte Bente.

»Bingo!«, rief Klemme eifrig und alle sahen ihn erwartungsvoll an. »Der Zugang zum BKA-Server lohnt sich! Donati war eine Schlüsselfigur in dem Kunstraub von Boston.«

»Nie davon gehört!«, gab Bente stirnrunzelnd von sich, während Klemmes Augen über den Bildschirm flogen. »Im März 1990 wurde das *Isabella Stewart Gardner Museum* in Boston ausgeraubt. Die Beute ist bis heute unauffindbar und um die 500 Millionen Dollar wert.«

Hansen pfiff durch die Zähne. »Da haben wir das Motiv!«

»Bei 500 Millionen zählt ein Menschenleben nichts!«, seufzte Heike.

»Die als Mrs. Jack bekannte, exzentrische Kunstliebhaberin hat das Museum bauen lassen und ihre Sammlung nach ihrem Tod 1924 der Museumsstiftung vererbt«, las Klemme vor. »Das FBI konzentrierte ihre Ermittlungen auf die Bostoner Mafiaszene, aber alle Spuren verliefen im Sande. Es wurde davon ausgegangen, dass die Gemälde als Druckmittel eingesetzt würden, um inhaftierte Mafiagrößen freizupressen, allerdings ist keine solche Forderung eingegangen.«

»Und Donati stand im Verdacht, den Diebstahl begangen zu haben?«

»Laut Google ja, aber die Fakten erfahren wir nur vom FBI in Boston, da muss eine Akteneinsicht vom BKA angefragt werden und das dauert. Auf jeden Fall wird seit 1991 international nach Robert Donati gefahndet!«

»Und jetzt sind seine Überreste hier bei uns aufgetaucht«, staunte Heike.

»Was bedeutet? Kommt schon, strengt eure grauen Zellen an!«, rief Bente.

Heike riss die Augen auf. »Natürlich! Er hatte die Bilder und sie sollten in den Geheimtresor!«

»Ihr denkt, dass die Bilder hier auf der Insel waren?«, brummte Hansen ungläubig.

Bente konnte in seinem Gesicht lesen, dass er angestrengt nachdachte, um sich an außergewöhnliche Vorkommnisse aus diesen Jahren seiner Amtszeit zu erinnern. Sie wartete einen Moment, dann sagte sie: »Nicht waren, sondern noch immer sind!«

»Die Einbrüche!«, rief Heike und schlug sich mit der flachen Hand an die Stirn.

»Deshalb wurde in keinem der Häuser etwas entwendet! Es geht um diese Gemälde«, schüttelte Klemme ungläubig den Kopf.

Bente stellte sich an das Clipboard und erstellte ein Diagramm mit den fünf Einbrüchen.

»Gehen wir also davon aus, dass die Täter bei Flackner auf'm Tisch liegen.« Schweigend konzentrierten sich alle auf diese Theorie. Nach einer Minute murmelte Hansen halblaut:

»Durchaus möglich. Dann mussten sie sterben, weil sie das Gesuchte gefunden haben!«

»In dem Haus in Tinnum!« Heike stöhnte leise auf. »Und weder wir noch die KTU haben von den Gemälden gewusst!«

»Mir sind die gerahmten Gemälde aufgefallen, aber ich kenne mich null aus mit Kunst. Es sah für mich nach Moderner Malerei aus, wenn das denn überhaupt eine Kunstrichtung ist.« Bente hob entschuldigend die Schultern.

Klemme drehte den Monitor in Bentes Blickrichtung. »Sahen die so aus?« Auf dem Bildschirm befanden sich Abbildungen der geraubten Gemälde.

Bente schüttelte den Kopf. »Nicht annähernd, sind das alle?«

»Ja, dreizehn insgesamt. Allein der Vermeer ist ein Vermögen wert, das Gemälde wird in Fachkreisen *der Niederländer* genannt.«

»Wäre auch zu einfach gewesen!«, seufzte Heike.

»Da ist noch etwas! Auch wenn der Geheimtresor und die Nazivilla nur ein Nebenschauplatz sind, gibt es eine Verbindung zwischen der Eigentümerin dieses Hauses und den Nazis!« Bente öffnete die Fotogalerie auf ihrem Handy und reichte es Klemme. »Spiel die mal auf den Rechner! Diese Fotos habe ich von dem Sideboard im Wohnzimmer abfotografiert«, erklärte sie.

Hansen sah gebannt auf Klemmes Bildschirm, auf dem eines der Schwarzweißfotos zu sehen war.

»Das ist Reinefarth!«

»Ja, auf der Rückseite dieses Fotos steht Oktober 1944 und auf dem anderen nur 1944«, berichtete Bente.

Klemme hatte die Informationen bereits herausgesucht. »Der Warschauer Aufstand endete Anfang Oktober 1944.

Unter dem Kommando von Reinefarth wurden zehntausende Zivilisten ermordet, insgesamt gab es über einhundertfünfzigtausend Opfer.«

»Deswegen trug er den Beinamen *Schlächter von Warschau*«, flüsterte Heike entsetzt.

»Und sowas war nach dem Krieg Bürgermeister bei uns«, schimpfte Klemme. »Als Sylter schäme ich mich dafür!«

»Ja, zum Glück wurde diese dunkle Vergangenheit ans Licht gezerrt und es gibt zumindest seit 2014 eine Gedenktafel am Rathaus«, nickte Hansen traurig. »Ich war ein Kleinkind, als er Bürgermeister war, aber meine Eltern kannten Ernst Wilhelm Stojan und seine Vergangenheit. Er hatte seine Familie bei diesem Massaker verloren!«

Bente erhob sich und schrieb Reinefarth neben Gabriele Cleo, die Eigentümerin des Hauses in Tinnum. Dazwischen setzte sie ein Fragezeichen.

»Die Frage ist, welche Verbindung es zwischen ihnen gibt beziehungsweise gab.«

»Das krieg ich raus!«, verkündete Hansen und stand von seinem Stuhl auf.

»Du musst dich zurückhalten!«, reagierte Bente zurückhaltend.

»Ich weiß, aber mir kann keiner vorschreiben, mit wem ich mich unterhalte!«

»Ja, ich will nur nicht unter Beschuss von Lemke kommen! Der sucht nur nach einer Schwachstelle!«

Hansen grinste. »Danke für das Kompliment!

Hört sich gut an, deine Schwachstelle zu sein.«

»Alter Verwalter!«, rief Klemme und ließ sich im Schreibtischstuhl zurückfallen. »Seht euch mal das Foto aus Königsberg genauer an.« Er deutete auf das Gebäude im

Hintergrund und wechselte zum anderen Monitor. »Das ist das Königsberger Schloss!« Er rief im Internet die Wikipediaseite auf.

»Es wurde im Zweiten Weltkrieg zerstört und 1968 ließ Leonid Breschnew die Überreste sprengen.«

Bente starrte ihn fragend an. »Und?«

»Es war der letzte nachgewiesene Standort des legendären Bernsteinzimmers!«

»Jetzt klingt's aber stark nach Indiana Jones!«, witzelte Heike.

Klemme winkte ab. »Es wurde in Kisten verladen und abtransportiert, niemand weiß, wohin. Es ranken sich zwar eintausend Gerüchte um den Verbleib, aber in Verbindung mit dem Nazitresor und Heinz Reinefarth, der offensichtlich genau zu dieser Zeit als ranghoher SS-Offizier in Königsberg war, erscheint die

Geschichte in einem anderen Licht!« Er zeigte auf den Mann mit dem markanten Mittelscheitel.

 **Kapitel 26**

An diesem Abend kehrte Bente nach einem ausgiebigen Spaziergang mit Ulrike gegen 20 Uhr in die Dienststelle zurück. Sie öffnete den Karton mit der Pizza und aß im Stehen ein Stück, während sie Donatis Akte vom BKA im Rechner aufrief. Kurz dachte sie an Erik, der in diesem Augenblick irgendwo in der norwegischen Wildnis campte. Die letzten zwei Tage waren so ereignisreich gewesen, dass sie keinen weiteren Selbstmitleidsausbruch gehabt hatte. Als sie Ulrike den Pizzarand zuwarf, klingelte ihr Handy.

»Flackner, du willst jetzt kein Schlaflied von mir hören, oder?«

»Kann mir nicht vorstellen, dass du singen kannst, aber mir hat ein Vögelchen etwas gezwitschert!«, kicherte er. Seine gute Laune und schlechten Witze gingen ihr wirklich auf die Nerven.

»Was ist?«

»Ich habe mir die Henkersmahlzeit der beiden angesehen!«

»Du hast was?« Bente schluckte und warf einen sorgenvollen Blick auf ihre Pizza. Würde er ihr den Appetit verderben?

»Der Mageninhalt der beiden ist voller Lotte.«

»Hä?« Bente verstand kein Wort.

»Volle Lotte sozusagen«, lachte er glucksend.

»Schlechter Witz, wenn er erklärt werden muss, Flackner! Oder in diesem Fall: Schlechter Witzeerzähler, also los, was willst du mir sagen?«, stöhnte sie genervt.

»Seeteufel wird auch Lotte genannt.«

»Weiter!«

»Das weiße, feste Fleisch des Seeteufels kostet ein kleines Vermögen.«

»Komm zum Punkt, Flackner!«

»Meines Wissens wird Seeteufel nur im *Söl'ring Hof* serviert und am Fortschritt der Verdauung gemessen, hat einer der Männer vier bis sechs Stunden vor seinem Tod Seeteufelfilet gegessen.«

»Bingo!«, rief Bente.

»Das ist alles? Ich stehe seit Stunden auf einem Bein am Obduktionstisch und sehe zu, wie mein verstauchter Knöchel anschwillt! Da kann ich doch wohl etwas mehr erwarten, oder?«

»Gute Arbeit, Flackner! Leg dein Bein hoch, ich muss los!« Damit legte sie auf. Sie war nicht seine Krankenschwester und außerdem wollte er gar nicht zu Hause sitzen und irgendeinem Kollegen die Arbeit überlassen! Eilig fuhr sie den Rechner runter und verließ mit Ulrike die Dienststelle. Im Bulli streichelte sie den Hundekopf, der neben ihrem Sitz auftauchte. »Tüchtiges Mädchen, wir haben eine Spur und der Fall ist bald gelöst, dann darfst du wieder mit ins Büro.« Dass Seeteufel auch Lotte genannt wurde, hatte sie nicht gewusst. Bei der Namenswahl für die zehn Wochen alte Labradorhündin war Lotte ihr Favorit gewesen, aber sie hatte Anka entscheiden lassen und es war Ulrike geworden. »Glück gehabt, mein Mädchen, sonst würde ich dich ab jetzt Seeteufelin nennen!«, raunte sie der Hündin grinsend zu.

Zehn Minuten später bog sie auf den Parkplatz des Nobelhotels ein. Der *Söl'ring Hof* lag direkt in den Dünen. Es waren nur wenige Meter zum Strand, aber Bente ließ Ulrike im Bulli und trat in die Lobby. An der Rezeption wies sie sich aus und schilderte ihr Anliegen.

»Unser Restaurantmanager ist der zuständige Mitarbeiter, einen Moment, ich rufe ihn an. Darf ich Ihnen ein Getränk bringen lassen?«, fragte der junge Mann hinterm Tresen.

»Gern, Kaffee, schwarz und koffeinfrei. Dauert es länger?«

»Nein«, versicherte er lächelnd und griff zum Haustelefon. Keine Minute später trat ein stattlicher Mann in Anzug und Krawatte auf sie zu.

»Wagner, Sie haben eine Frage zu unserer Karte, speziell zu dem Seeteufel an Salbeischaum mit Parmaschinken, Frau Kriminalhauptkommissarin?«

»Ja, Sie sind, soweit ich informiert bin, das einzige Restaurant, wo Seeteufel auf der Karte steht. Ich möchte wissen, ob gestern Abend dieses Gericht von einem Mann bestellt wurde«, erklärte Bente, ohne Details preiszugeben.

»Verstehe, Moment, ich lasse Julian, unseren Oberkellner, kommen. Er hatte auch gestern Abend Dienst.«

Bentes Kaffee wurde serviert und noch bevor sie den ersten Schluck trinken konnte, eilte ein befrackter, junger Mann durch die Lobby zu ihnen.

Bente zeigte ihm das Foto der beiden erschossenen Männer.

»Sind die...«, er schluckte, »... tot?«

»Ja, deshalb ist es wichtig, zu erfahren, welcher von ihnen gestern Abend bei Ihnen Seeteufel gegessen hat.«

Julian zeigte, ohne zu zögern, auf einen der Männer. »Er hat Seeteufel bestellt.«

»War er in Gesellschaft?«

»Nein, er saß allein an einem Fenstertisch im vorderen Bereich.«

»Ist Ihnen irgendetwas an ihm aufgefallen?

Dialekt, Stimmfarbe, ein Tic oder Stottern?« Julian schüttelte bedauernd den Kopf.

»Erinnern Sie seine Brieftasche oder ein Portmonee, das er beim Bezahlen in der Hand hatte?«, fragte Bente in der Hoffnung auf einen Hinweis.

Wieder schüttelte der Oberkellner den Kopf.

»Da kann ich Ihnen leider nicht helfen, Herr Treiben hat die Rechnung aufs Zimmer schreiben lassen.«

Bente starrte ihn mit aufgerissenen Augen an. Das Naheliegendste hatte sie nicht bedacht! Sie wandte sich an Wagner: »Zeigen Sie mir das Zimmer, bitte. Die Kollegen von der KTU werden sich morgen früh dort umsehen, es darf nicht mehr von Ihren Mitarbeitern betreten werden.«

»Da muss ich unseren Geschäftsführer informieren, das obliegt nicht meiner Entscheidung«, erklärte Wagner und entfernte sich einige Schritte, um zu telefonieren.

Bente nutzte die Zeit, um Flackner zu informieren. »Volltreffer!«

»Da hol mich doch der Teufel, der See...!« Er ließ das Wort unvollendet.

Bente ignorierte sein Wortspiel. »Ich brauch deine Leute hier, er war Hotelgast und das Zimmer ist sicher gereinigt. Ich seh mich dort schon mal um. Danke, Flackner!«

»Geht doch«, hörte sie noch, bevor sie auf das rote Hörersymbol drückte.

Bente folgte dem mittlerweile anwesenden Geschäftsführer, der sie auf dem Weg zum Zimmer leise und eindringlich beschwor, die Angelegenheit so diskret wie möglich zu handhaben. »Ein ermordeter Gast macht sich im Hotelportfolio nicht besonders gut, Sie verstehen, Frau Kommissarin?«

»Hauptkommissarin!«, berichtigte sie ihn lapidar.

»Herr Treiben bewohnte eines unserer Dünenzimmer«, erklärte er und entriegelte mit seiner Generalkarte die Tür.

Bente sah sich um. Das Zimmer war sechs mal vier Meter groß, modern möbliert und verfügte über eine eigene Terrasse mit Strandkorb und Tisch. Es war mittlerweile dunkel, aber sie roch das nahe Wasser und hörte die Brandung. Sie zog ein Paar Latexhandschuhe aus einer Tasche ihrer Hose und öffnete den Schrank. Darin stand eine unausgepackte Reisetasche, im Bad hing ein Kulturbeutel an der Handtuchheizung.

Das Zimmer war gereinigt, die Bettdecke akkurat gefaltet und die Minibar aufgefüllt. Außer einem Handyladekabel, das in der Steckdose neben dem Bett steckte, befanden sich keine persönlichen Sachen in dem Zimmer.

»Ist Herr Treiben mit dem Auto angereist?«, wandte sie sich an den Geschäftsführer.

»Ja, er hat einen Stellplatz gemietet.«

»Hinterlegen Sie das Kennzeichen im Computer?«

»Ja, an der Schranke werden die Nummernschilder gelesen, außerdem gibt es eine Videoüberwachung auf dem Parkgelände. Soll ich die Aufnahmen heraussuchen lassen?«

»Ja, die hätte ich gern per Mail.« Bente reichte ihm ihre Visitenkarte. »Das Kennzeichen brauche ich sofort, um das Fahrzeug in die Fahndung zu geben.«

Eine halbe Stunde später parkte Bente ihren Bulli wieder vor der Wache in der Stephanstraße. Sie hatte den Kollegen telefonisch das Kennzeichen durchgegeben und direkt erfahren, dass die Halterabfrage erfolglos war. Der Wagen, ein 5er BMW, gehörte einer Autovermietung und war von Philipp Treiben in Hamburg angemietet worden. Er musste also nicht nur einen gefälschten Personalausweis und Führerschein besitzen, sondern auch dazugehörige Konten und Kreditkarten. All das passte zu der Theorie, dass diese Männer aus dem Milieu des organisierten Verbrechens kamen.

Es war spät und Bente beschloss, die Akte Donati zu Hause auf dem Sofa durchzugehen. Sie klemmte den Pappkarton mit der kalten Pizza unter den Arm und nahm den Umweg über den Strand. Ulrike preschte über den Sand ins Wasser. Bente folgte ihr langsam und sortierte ihre Gedanken. Wie gern wäre sie den Fall jetzt mit Erik durchgegangen!

Irgendwann gegen Mitternacht fielen ihr die Augen zu. In der Akte vom BKA hatte sie alle Informationen über Robert Donati gelesen, aber keinen entscheidenden Hinweis auf den Verbleib der Gemälde gefunden. Plötzlich fiel ihr ein, dass Hansen Kopien des Brieftascheninhalts gemacht hatte, bevor das BKA eingetroffen war. Sie blätterte die Akte durch und fand die Seiten ganz hinten. Zwischen all den Karten, dem Ticketabschnitt der Airline und einigen Quittungen, befand sich eine Visitenkarte der Rechtsanwaltskanzlei *Goldmann, Wolf & Salvati*!

Kapitel 27

Der Morgen brach an und die Sonne schickte erste zarte Strahlen auf die Insel. Sie saß mit einem Kaffee auf ihrer Terrasse und beobachtete das Dünengras, das sich sanft im Wind wiegte.

Wann galt ein Leben als gelebt? Hatte es lediglich mit der Anzahl der Jahre zu tun, oder war die Fülle an Eindrücken und Erlebnissen entscheidend? Sie war in dieses Umfeld hineingeboren und hatte es nie hinterfragt. Der Clan funktionierte nach eigenen Gesetzen, die niemandem untergeordnet waren, aber sie wusste nur allzu gut, dass bedingungslose Loyalität die Grundvoraussetzung war. Nach dem frühen Tod ihres geliebten Mannes hatte nur Paul ihr die Treue gehalten. Alle anderen waren geflüchtet, viele von ihnen in andere Clans, einige hatte Paul beseitigt. Zaghaft nippte sie an dem Kaffee. Das Koffein konnte gegen diese tief empfundene Müdigkeit nichts ausrichten. Sie war alt und allein. Paul fehlte ihr. Er war jahrzehntelang ihr engster Berater gewesen und hatte sie treu begleitet. Seit seinem Tod konnte sie ihre Gedanken mit niemandem teilen. Wozu hätte er ihr in dieser Situation geraten?

Die Kisten standen transportbereit in der Diele. Die Sammlung war nicht mehr komplett, aber sie hatte sich nie etwas aus diesen Bildern gemacht. Es handelte sich lediglich um das Andenken ihres verstorbenen Mannes, das sie all die Jahre gehütet hatte. Dabei war es schon lange nicht mehr um Geld gegangen, sondern um Gerechtigkeit. Seufzend erhob sie sich aus dem bequemen Sessel. Die Zeit war gekommen. Sie würde einen Schlussstrich ziehen.

Kapitel 28

Am nächsten Morgen trafen Bente und Heike zeitgleich im Büro ein.

»Ist Ulrike schon in der Kita?«, frotzelte Heike.

»Ja, gieß nur Öl ins Feuer!« Bente öffnete die Tür und Kaffeeduft stieg in ihre Nase. Klemme war also schon da! Heike stürzte an ihr vorbei in die Küchenecke und schaltete die Kaffeemaschine aus.

»Moin, der Kaffee ist noch nicht durch«, rief Klemme ihr nach.

Bente rettete Heike vor einer Erklärung, indem sie Klemme die Akte überreichte. Die wenigen Male, die er oder Timme in den letzten Jahren Kaffee gekocht hatten, waren unvergesslich! »Ich hab alles über Donati gelesen, hast du noch irgendwas rausgefunden?«

Hansen schloss die Tür hinter sich und schnupperte demonstrativ in die Luft. »Kaffee?«

»Du warst doch gerade noch zu Hause!«, staunte Bente.

»Es gibt da sone neue Erfindung, vier Räder und ein Blechgehäuse drumrum ...«, erklärte er ernst.

Heike rief lachend: »Moin, Hansen, hast ʼn Clown gefrühstückt?«

Bente räusperte sich und sofort herrschte Ruhe.

»Philipp Treiben ist einer der beiden erschossenen Männer, aber die Identität ist falsch, wie erwartet! Der andere Mann war nicht im *Söl'ring Hof* eingemietet.«

»Vielleicht gehörten die nicht zusammen?«

»Unwahrscheinlich! Lässt eher auf ne Hackordnung schließen, Vorgesetzter und Untergebener, sowas in der Art!« Bente nahm einen Marker und stellte sich ans Clipboard. »Er hatte einen schwarzen 5er BMW angemietet, der nicht auf dem Hotelparkplatz stand. Die Fahndung ist gestern Abend noch raus, irgendwo muss der ja sein!«

»Oder der Killer ist damit von der Insel? Dass es sich um einen Profi handelt, wissen wir, also wird er sich nicht unnötig lange in der Nähe aufhalten, oder?«, gab Klemme zu bedenken. »Ich habe nochmal alle fünf Einbrüche miteinander verglichen, es ist kein Muster erkennbar, bis auf die Tatsache, dass alle Eigentümer im Rentenalter sind.«

»Und ich habe Gabriele Cleo überprüft«, verkündete Hansen. »Ihren Zweitwohnsitz hier auf der Insel nutzt sie regelmäßig. Sie ist eine geborene Koch, aber in welcher Verbindung sie zu Heinz Reinefarth steht, konnte ich nicht herausfinden.«

Bente nickte. »Die Fotos stammen aus der Zeit, als sie ein Kleinkind war. Da liegt es doch nahe, dass es sich um Verwandtschaft handelt, oder?«

»Frau Cleo arbeitet als selbstständige, internationale Kunsthändlerin mit Firmensitz in Amsterdam«, verkündete Klemme und vertiefte sich wieder in seine Recherchen. Bente sah, dass er mehrere Seiten aufgerufen hatte und auch Timmes Monitor beanspruchte.

»Kunsthändlerin passt ja in diesem Fall wie die berühmte Faust aufs Auge«, warf Heike ein.

»Das sind alles keine Zufälle mehr!«, rief Bente und stemmte die Ellenbogen auf den Schreibtisch.

»Eine Kunsthändlerin mit Verbindungen zu Reinefarth, der Bostoner Kunstraub und die Gerüchte um den Tresor aus der NS-Zeit ...«

»Bingo!«, grätschte Klemme dazwischen.

»Gabriele Cleo, geborene Koch, ist 1941 in Dresden geboren. Mutter Helga Koch, geborene Zingst, Vater Horst Koch, geboren 1908 in Elbing, Ostpreußen.«

Alle sahen Klemme fragend an.

»Was soll diese Aufzählung von Daten und Namen, Klemme?« Bente sah ihn mit hochgezogenen Augenbrauen an.

»Das ist interessant, weil Horst Koch der Sohn von Erich Koch war.«

»Und das ist wer?«

»Erich Koch war Gauleiter in Königsberg.«

»Moment, Gabriele Cleo ist seine ... Enkeltochter?« Heike runzelte konzentriert die Stirn.

»Korrekt, und Erich Koch ist dieser Mann hier!« Er breitete die Arme aus und wies auf die beiden Monitore. Auf dem einen war die Wikipediaseite über Erich Koch geöffnet, auf dem anderen das Foto von Gabriele Cleos Sideboard. Jetzt sahen sie, dass es sich bei dem Mann, der direkt neben Heinz Reinefarth stand, um Erich Koch handelte.

»Das nenne ich mal eine Indizienkette!«, lobte Bente. »Ich bin gespannt, was Frau Cleo uns über die NS-Kunstraube sagen kann. Wahrscheinlich wusste ihr Opa sogar von dem

Tresorraum und hat dieses Wissen sozusagen als Familiengeheimnis weitergegeben!«

»Und die Einbrüche waren nur eine Suche nach den Gemälden des Bostoner Kunstraubes, von dem Gabriele Cleo als Kunsthändlerin natürlich wusste!«, komplettierte Heike die Theorie.

Bente nickte. »Die Eigentümer der Villa lassen sich von der Kanzlei *Goldmann, Wolf & Salvati* vertreten.« Sie öffnete die Akte Donati und schlug die entsprechende Seite auf. »Eine Visitenkarte dieser Kanzlei befand sich in seiner Brieftasche.«

»Vor dreißig Jahren?«

»Die Firma agiert international, gegründet wurde sie 1923 in Boston, Massachusetts«, präsentierte sie das Ergebnis ihrer nächtlichen Recherche.

»Langsam wird ein Schuh draus!«, murmelte Klemme.

Die Tür wurde geöffnet und Friedrichs streckte seinen Kopf in den Container. »Wir haben den Wagen!«

»In Tinnum?«, mutmaßte Bente. Dort war das Haus von Gabriele Cleo.

Er schüttelte den Kopf. »Nee, in Rantum.«

»In der Nähe des Parkplatzes, wo die Leichen gefunden wurden?«

»Vielleicht einen Kilometer entfernt, im südlichen Dorf. Die Kollegen sind vor Ort und warten auf die SpuSi.«

»Gut, Klemme, ruf Flackner an, seine Leute müssten mit dem Hotelzimmer im *Söl'ring Hof* durch sein.«

Klemme griff zum Telefon, während Bente zum Autoschlüssel griff. »Komm, Heike, wir sehen uns das vor Ort an. Und Klemme, wenn unsere beiden Freunde vom BKA hier eintreffen, würdest du sie über die Neuigkeiten informieren?«

Klemme grinste. »Wird gemacht, Chefin!«

In der Tür wandte Bente sich noch einmal um.

»Hansen, du könntest mit Ulrike die Arbeiten bei der Villa im Auge behalten! Jedenfalls will ich nicht, dass Lemke dich hier antrifft!«

Seufzend folgte er ihnen zum Bulli und trollte sich mit Ulrike Richtung Stadt. Heike sah ihm nach und zuckte mit den Achseln. »Es ist ihm nie genug, oder? Läuft, als ob er das Leiden Christi auf den Schultern trägt, obwohl du ihn einbeziehst!«

»Ich habe ihn wirklich gebraucht, als Klemme und du noch nicht da waren, und seine Kontakte bringen uns auch was!«, wiegelte Bente ab.

»Hey, Brodersen, was habe ich verpasst? Solche milden Töne in Bezug auf den alten Hansen sind neu!«, lachte Heike. »Freut mich, wollt ich sagen.«

Als Bente in die Seitenstraße in Rantum einbog, sahen sie den Minivan der KTU mitten auf der Straße neben einem schwarzen BMW stehen. Zu beiden Seiten parkten Autos. Bente setzte zurück und versuchte ihr Glück in der nächsten Stichstraße. Genervt machte sie ihrem Ärger Luft:

»Für jedes Apartment ein Stellplatz auf dem Grundstück reicht vorne und hinten nicht! Die reisen pro Person mit Auto an und verstopfen die Straßen!«

»Jep, deshalb fahr ich Fahrrad!«, erklärte Heike. Schließlich stellte Bente den Bulli im absoluten Halteverbot ab. Es handelte sich um einen Einsatz, das war nicht mit Eriks Parkverhalten zu vergleichen! Auf dem Weg zu dem gesuchten BMW sagte Heike: »Die Kollegen haben gestern die Anwohner hier abgeklappert, aber niemandem war in der Mordnacht etwas aufgefallen!«

Bente nickte. Sie hatte den gleichen Gedanken gehabt.

»Was gefunden im Hotelzimmer?«, fragte sie einen Kollegen der SpuSi, als sie den BMW erreichten.

»Kaum Spuren, das Reinigungspersonal hat ganze Arbeit geleistet. Fingerabdrücke und DNA gleicht der Chef gerade mit dem Toten ab.«

Bente nickte und wies auf den BMW. »Der wurde von ihm angemietet.«

Er betätigte den Türgriff. Die Limousine war verschlossen, aber mit einem langen, flachen Eisen öffnete er die Tür binnen weniger Sekunden. Sofort ertönte ein ohrenbetäubender Alarm. »Geht gleich aus!«, schrie der Kollege lachend, als Bente sich die Ohren zuhielt und zwei Minuten wartete, bevor sie Einweghandschuhe an Heike reichte und selbst ein Paar überzog. Sie warf einen Blick in das Wageninnere. In keiner der zahlreichen Ablagen lag etwas, lediglich der Mietvertrag der Autovermietung befand sich im Handschuhfach.

»Bingo!«, rief Heike vom Kofferraum und beförderte eine schwarze Sporttasche heraus. »Puh, ganz schön schwer!«

Die Kollegen breiteten den Inhalt auf einem Tisch im Minivan aus. Ein Kuhfuß, diverse Stemmeisen und ein leeres Pistolenholster kamen zum Vorschein. Offenbar war zumindest einer der Einbrecher bewaffnet gewesen.

»Keine Handys oder Portmonees, nichts!«, seufzte Bente. Der Mörder hatte alle Hinweise auf die Identität der Toten verschwinden lassen. Dass sie auf Philipp Treiben gestoßen waren, verdankten sie lediglich Flackners Untersuchung des Mageninhalts.

»Das beweist, dass die beiden die Einbrüche begangen haben!«, verkündete Heike zufrieden.

»Nein, das stützt unsere Theorie, aber solange wir keine Fingerabdrücke oder sonst Fasern oder Haare von ihnen in einem der Einbruchhäuser finden, ist das kein Beweis«, korrigierte Bente. Heike zog nachdenklich die Stirn in Falten. »Okay, aber mal angenommen, es handelt sich um die Einbrecher, warum parkt dann das Auto hier und nicht in Tinnum? Kann es sein, dass der letzte Einbruch noch gar nicht gemeldet wurde?«

»Welcher letzte Einbruch?«

»Hier in Rantum! Vielleicht in einem unbewohnten Haus, sodass nichts bemerkt wurde?«

»Du meinst, die haben im Haus von Frau Cleo nicht das Gesuchte gefunden, sondern erst hier in Rantum? Bisschen viel Theorie, aber wir müssen in alle Richtungen denken. Könnte auch sein, dass sie in Tinnum fündig wurden und hier in Rantum eine Übergabe stattgefunden hat, bei der sie ermordet wurden.«

Heike schüttelte nachdenklich den Kopf. »Für eine Übergabe solch eines Schatzes würde ich einen der unbewachten Parkplätze an den Dünen wählen, da ist es stockfinster und jedes Licht ist von Weitem zu sehen. Hier dagegen können Anwohner aus den Fenstern sehen oder der Hund muss nachts noch mal raus ...«

Bente dachte an den Parkplatz, wo die Leichen gefunden wurden. »Ja, du hast recht, das passt auch zu den Abriebspuren der Plane.«

»Vielleicht wurde die von einer Baustelle entwendet?«, überlegte Heike laut.

Genau das gefiel Bente an der Zusammenarbeit mit ihr. Sie spielten sich die Bälle zu und entwickelten Theorien. Die meisten wurden wieder verworfen, aber schlussendlich näherten sie sich immer den Tatsachen, sozusagen per Ausschlussverfahren. »Außerdem sagt Flackner, die Struktur der

Blutspuren spricht dafür, dass die Männer auf der Plane stehend erschossen wurden.«

Heike stöhnte auf. »Wie passt das ins Bild? Als Profi stell ich mich doch nicht freiwillig mit meinem Kollegen auf eine Plastikplane, damit ich keine Spuren bei meiner Ermordung hinterlasse!«

»Laut Klemme ist diese Maßnahme in Mafiakreisen verbreitet, zumindest in Spielfilmen«, grinste Bente. Sie wandte sich an den Kollegen von der KTU: »Habt ihr in der Villa in Tinnum Blutspuren gefunden?«

Sein Kopf steckte gerade hinter den Vordersitzen. Er drehte sich umständlich zu ihr um. »Nein.«

»Und Schleifspuren im Garten oder auf der Auffahrt?«

Er schüttelte den Kopf. »Nichts dergleichen.« Bente sah die Straße entlang. »Auf den ersten

Blick würde ich sagen, hier gibt's nur Ferienhäuser, da wird wohl kaum ein Schatz versteckt! Aber lass uns das mal durchspielen! Wir stellen den Wagen hier ab und gehen zu Fuß zu dem Haus auf unserer Liste. Wie weit würden wir gehen?«

»Nicht allzu weit, würde ich sagen.« Heike überlegte, wie weit entfernt sie als Einbrecherin vom Einbruchsobjekt parken würde. »Was schlägst du vor? Nochmal die Anwohner befragen?«

Bente schüttelte ratlos den Kopf, als ihr Handy klingelte. »Was gibt's, Klemme?«

»Die Kollegen vom BKA haben die Fingerabdrücke an den Waffen ausgewertet.«

»An welchen Waffen?«

»Die Knochenfunde gehören wohl zu zwei Männern, die erschossen wurden. Insgesamt wurden drei Waffen gefunden«, berichtete er.

»Und zu wem gehören die Fingerabdrücke?«

»Paul Verhoek.«

»Klingt niederländisch«

»Er ist US-Bürger, beziehungsweise war US- Bürger. Es liegt nichts gegen ihn vor, aber die Amis waren ja Vorreiter mit den biometrischen Ausweisen, da sind die Fingerabdrücke automatisch auf dem Server.«

»Wieso war?«

»Er liegt hier in Westerland auf dem Friedhof.«

»Wir kommen!«

# Kapitel 29

Als Bente mit Heike in die Stephanstraße einbog, fiel ihnen sofort die Menschenmenge vor der Abrissvilla auf. Langsam fuhr sie durch die zahlreichen, am Straßenrand abgestellten Fahrzeuge und hielt schließlich mitten auf der Fahrbahn vor der Absperrung. Sie warf Heike einen aufmunternden Blick zu. »Auf in den Kampf«, murmelte sie, straffte die Schultern und stieg aus. Sofort hatte sie mehrere Mikrofone vor der Nase und Fragen prasselten auf sie nieder. Kommentarlos bahnte sie sich den Weg durch die angereisten Journalisten, aus den Augenwinkeln sah sie Heike, die ihr stumm folgte. Sie fragte sich, welche Schlagzeile für mehr Aufsehen sorgen würde. *Geheimtresor in Nazi-Villa auf Sylt* oder *Skelettfunde bei Abrissarbeiten in Westerland.*

Die Kollegen an der Absperrung hatten alle Hände voll zu tun, die dreiste Journaille am Betreten des Geländes zu hindern. Sie traten lächelnd beiseite, um Bente und Heike durchzulassen. Ein vorwitziger junger Mann mit Kamera nutzte die Gelegenheit und stürmte an Heike vorbei Richtung Geheimtresor. Ehe er sich versah, befand er sich in Heikes Polizeigriff und wurde den Uniformierten übergeben.

»Danke, Heike, is schlimmer, als `n Sack Flöhe hüten«, grinste ein junger Kollege.

Bente sah Lemke und Brest an der frisch ausgehobenen Grube stehen. Sie stellte sich an Brests Seite und berichtete ihm von der Rückverfolgung des einen Mordopfers zum *Söl'ring Hof* und dem Auffinden des Mietwagens.

»Lassen Sie mich raten, falsche Identität, oder?«, fragte er.

Bente nickte. »Was haben Sie hier?« Sie deutete auf die Ausgrabungen.

»Zwei Tote, ebenfalls erschossen, aber vor gut dreißig Jahren!«

»Und mehrere Waffen?«

»Die Kommunikation mit der Zentrale klappt wohl in Echtzeit, was?« Er klang nicht verärgert, aber Lemke verfolgte das Gespräch angespannt und spuckte in diesem Moment abfällig auf den Boden. Bente war sich darüber im Klaren, dass sie durch ihre Anfrage in Wiesbaden die beiden übergangen hatte, aber der Zweck heiligte in diesem Fall die Mittel!

Bereitwillig teilte Brest ihr die Fakten mit: »Die Knochenfunde gehören zu zwei seit Jahrzehnten vermissten Mafiabossen. Wir haben ihre Brieftaschen in der Grube gefunden.«

»Weshalb interessiert sich das BKA mehr für diesen alten Fall als für die beiden aktuellen Mordopfer, die ganz offensichtlich ebenfalls der organisierten Kriminalität angehörten?«

»Das ist so nicht richtig!«, antwortete er nach kurzem Zögern.

»Sie verschweigen mir immer noch etwas!«, seufzte Bente enttäuscht.

Brest hob eine Augenbraue und lächelte schließlich. »Sie sind stur, aber das ist in unserem Beruf ein Vorteil. Also gut, Donati war der Drahtzieher beim Kunstraub von Boston.«

»Ja, das steht in den Akten und im Netz!«

»Er stand in engem Kontakt zu Vincent Ferrara, einem inhaftierten Capo, und es wird vermutet, dass die Gemälde für seine Freipressung genutzt werden sollten. Als Ferrara kurz nach dem Raub von Mithäftlingen getötet wurde, verschwand Donati mit den Gemälden.«

»Und ist offensichtlich hier auf Sylt untergetaucht. In seiner Brieftasche steckte eine Visitenkarte der Kanzlei *Goldmann, Wolf & Salvati,* der diese Villa gehört«, fügte Bente an.

»Diese Kanzlei besitzt Immobilien, Yachten und Grundstücke auf allen Kontinenten. Ihre Mandanten gehören allesamt irgendeinem Clan an, sie wickelt die Geschäfte ab und schützt die Drahtzieher.«

»Und da sind dem Gesetz die Hände gebunden?« Bente schüttelte resigniert den Kopf. Sie kannte die Antwort.

»Ja, alles legal und vertraglich abgesichert, bei denen sitzen ausschließlich hochkarätige Anwälte, die ihr Handwerk verstehen!«, erklärte Brest achselzuckend.

»Sie denken also, dass die Verbindung zum ehemaligen Bürgermeister Reinefarth, der als Anwalt den Verkauf der Villa an eine argentinische Bank beurkundet hat, keine Rolle in diesem Fall spielt?«

»Die Mafia tanzt auf allen Hochzeiten und macht mit jedem Geschäfte, auch mit Nazis. Aber beim Verkauf muss die Existenz des Tresors bekannt gewesen sein!«

Bente riss die Augen auf und Brest fuhr fort:

»Der Kaufpreis lag ein Vielfaches über dem damaligen Wert. Die Kanzlei zahlte zwölf Millionen Dollar, für diese

Summe wurde im gleichen Jahr eine neu errichtete Ferienhausanlage mit siebzehn Reetdachvillen direkt am Strand in Wenningstedt verkauft, nur zum Vergleich.«

»Also hat sich etwas im Tresor befunden, was diesen Preis erklärt!«, überlegte Bente laut.

»Bei den Leichen handelt es sich um Luigi Bosetti und seinen engsten Vertrauten, Fredrico Gnellini, der DNA-Abgleich steht noch aus, aber wir gehen mit ziemlicher Sicherheit davon aus.«

»Sollen mir die Namen etwas sagen?«

»Bosetti war in den Achtzigern der Pate von Calabrien. Ein echter Capo aus der alten Zeit. Nichts ging damals ohne seine Zustimmung.«

»Und ausgerechnet der liegt seit dreißig Jahren hier bei uns auf Sylt verschüttet«, schüttelte Bente ungläubig den Kopf.

Brest zuckte mit den Schultern. »Er stand seit dreißig Jahren ganz oben auf der Fahndungsliste.«

Dass ein gesuchter Mafiaboss nur einhundert Meter entfernt von der Polizeiwache gelegen hatte, entbehrte nicht einer gewissen Ironie. »Wieso ausgerechnet Sylt?«

»Das ist die Frage! Erst Ihre Nachricht von dem Skelettfund hat uns hierher gebracht. Auch Robert Donati stand ganz oben auf der Liste und letztendlich ist diese Insel ein idealer Ort, um unterzutauchen!«

Bente nickte nachdenklich. Sylt war eine Insel, die das ganze Jahr über von Touristen besucht wurde, ein Ort, an dem Fremde nicht auffielen, sondern zum alltäglichen Bild gehörten. Wer sich hier niederließ, wurde nicht nach dem Warum gefragt. Gleichzeitig sorgten die gute Infrastruktur und betuchten Urlauber für eine hervorragende Gastronomie. Personenkontrollen gab es so gut wie nie. Plötzlich kam ihr ein Gedanke. »Gehörte Paul Verhoek auch zur Mafia?«

Brest nickte. »Ein ehemaliges Mitglied der Bostoner Mafia, auch er wird seit dreißig Jahren vermisst.«

»Hier auf Sylt soll sich eine Art Mafiaenklave gebildet haben? Das hört sich doch total abwegig an!«

»Bei vielen Vermissten aus diesem Milieu ist es nicht klar, ob sie sich versteckt halten oder aus dem Weg geräumt wurden. Bosetti ist das beste Beispiel dafür.«

Bente ließ ihren Blick über die Abrissstelle schweifen. Sie zählte über zwei Dutzend Mitarbeiter. »Dieser ganze Aufwand für die Skelettfunde? Da steckt doch mehr dahinter!«

Lemke platzte der Kragen. Er warf Bente einen vernichtenden Blick zu und sagte zu Brest: »Genug geplaudert, wir haben zu tun!« Damit stieg er die Leiter in die Grube hinab und winkte seinem Kollegen, ihm zu folgen.

»Sie sind clever genug, um zwei und zwei zusammenzuzählen«, wandte Brest sich augenzwinkernd an Bente und ließ sie stehen.

Was meinte er damit? Die Lösung musste zum Greifen nah sein! Energiegeladen fuhr sie mit Heike die kurze Strecke zur Dienststelle, stellte den Bulli ab und riss die Bürotür auf.

»Dieser Lemke kennt dich, Chefin!«, begrüßte Klemme sie.

Kapitel 30

Auf dem Rollfeld des kleinen, nur zwei Kilometer vom Bahnhof entfernten Flughafens fuhr ein Kleintransporter zu dem wartenden Privatjet. Große Holzkisten verschwanden in dem Frachtraum, bevor der Pilot über das Ziel informiert wurde und den Tower anfunkte, um eine Starterlaubnis zu erhalten.

Ihre von Paul angefertigte Notfallliste für genau diese Situation enthielt die notwendigen Kontakte. Kurz war sie verunsichert gewesen, ob nach all den Jahren die richtigen Leute am anderen Ende der Leitung sitzen würden, aber alles hatte problemlos geklappt. Ein Koffer mit Bargeld würde bei Übergabe der Kisten den Besitzer wechseln, aber das spielte keine Rolle. Niemand würde den Transport nachverfolgen können. In den offiziellen Dokumenten würden weder ihr Name noch die Fracht auftauchen, der Eigentümer der Maschine flog selbst und stellte keine Fragen. Er liebte seine Kinder und wusste, wie weit ihre Verbindungen noch immer reichten.

Als ihr Koffer in die Fahrgastkabine gebracht wurde, stieg sie aus der Limousine und trat an die McDonall Douglas.

Vor der ersten Stufe drehte sie sich um und sog tief die salzige Meeresluft ein. Diese Insel, von der sie vor ihrer Ankunft noch nie gehört hatte, war ihr Zuhause! Hier hatte sie die glücklichsten Jahre ihres Lebens verbracht, weit entfernt in der Anonymität zwischen diesen herben Nordfriesen und illustren Touristen. Dieses Fleckchen Erde strahlte eine nordische Gelassenheit aus, die sie sich zu eigen gemacht hatte. Die endlose Weite des Strandes, das scharfe Dünengras, der rote Kliffsand und die allgegenwärtigen Möwen wollte sie nicht missen. Plötzlich wurde ihr bewusst, dass sie kurz davor war, einen Fehler zu begehen. Sie musste hier bei Paul bleiben! Nirgendwo anders wäre er ihr so nah wie hier, wozu also einen Neubeginn mit all den Strapazen? Sollten sie doch kommen, sie war alt und allein, es war ihr egal, wann sie das Zeitliche segnen würde. Sie hatte die überlebt, die ihr am meisten bedeutet hatten. Ohne Paul an ihrer Seite verließ sie die Kraft, noch einmal neu anzufangen. Er war hier, weitab seiner Heimat gestorben, weil sie sich für diese Insel entschieden hatte. Es war nie geplant gewesen, sich hier niederzulassen, aber er hatte sich widerstandslos gefügt.

Lächelnd drehte sie auf der schmalen Gangway um und stieg die Stufen wieder hinab. Der Pilot würde seinen Instruktionen folgen und die Kisten abliefern, aber sie würde nicht mitfliegen.

Sie wies den Fahrer der Limousine an, direkt zum Friedhof nach Westerland zu fahren. Paul würde verstehen, aber sich vor Sorge im Grab umdrehen. Sie war bereit, die Konsequenzen zu tragen.

Kapitel 31

Das darf doch nicht wahr sein, so ein Mistkerl!«, rief Bente wütend, als Klemme ihr das Pressefoto eines Zeitungsartikels auf dem Monitor zeigte. Neben einem Drogenspürhund hockte Lemke und strahlte in die Kamera.

»Von wegen Hundehaarallergie!«, raufte sie sich die Haare, als Hansen die Bürotür öffnete.

Bente las die Zeilen unter dem Foto. Oliver Lemke, Drogenfahndung. Olli! Jetzt wusste sie, wer er war! Lutz hatte mehrfach von seinem Verbindungsmann im Drogendezernat erzählt. Sie hatten sich rein dienstlich angefreundet, aber natürlich privat keinen Kontakt gepflegt. Lutz war als verdeckter Ermittler zu keiner Zeit im Präsidium anwesend gewesen. Als er wegen Veruntreuung und Drogenhandel angeklagt wurde, hatte dieser Olli telefonisch Kontakt zu ihr aufgenommen, um sie zu einer Falschaussage vor Gericht zu drängen. Sie hatte nach wenigen Sätzen das Telefonat beendet und nie wieder etwas von ihm gehört, geschweige denn, ihn zu Gesicht bekommen. Allerdings hatte sie noch vor Lutz Verurteilung häufiger die Kommentare der Kollegen aus anderen Abteilungen gehört. Im Vorbeigehen waren

Sachen wie Nestbeschmutzerin und Verräterin gemurmelt worden. Sie hatte dieses Mobbing gemeldet, sich aber von allen abgekapselt. In Bente kamen die Erinnerungen hoch. Lutz hatte sie als Entlastungszeugin angegeben und tatsächlich geglaubt, dass sie vor Gericht eine Falschaussage machen würde, nur weil sie verheiratet waren! Wie wenig er sie gekannt hatte! Sie war aus der Überzeugung Polizistin geworden, die Welt zu verbessern, indem sie Verbrechen bekämpfte.

»Olli!«, murmelte sie. »Ich wusste nicht, dass er Lemke heißt.« Sie wandte sich an Hansen: »Wo ist Ulrike?«

»Sie wartet draußen.«

Bente stürzte an ihm vorbei, öffnete die Tür und pfiff die Labradorhündin herein. »Du bleibst ab jetzt hier!«

»Was hat er denn gegen dich?«, hakte Klemme nach.

»Das ist 'ne lange Geschichte!« Sie wollte diesen Spießrutenlauf, der erst mit dem Antritt der Dienststellenleitung auf Sylt geendet hatte, nicht vor ihrem Team ausbreiten. Heike kannte eine Kurzfassung und Erik mittlerweile alle Einzelheiten, das reichte. Das LKA hatte seinerzeit darauf geachtet, Frau und Kind aus der Verhandlung herauszuhalten. Die Presse war von den Zeugenvernehmungen ausgeschlossen gewesen und tatsächlich gab es bis heute nur wenig Informationen im Internet über diesen Fall. Bente überlegte, wie sie auf Lemkes Erscheinen reagieren sollte und beschloss, ihr Wissen für sich zu behalten. »Vergesst diesen Trottel. Wir haben fünf Morde aufzuklären!«

Sie setzte ihre Kollegen darüber ins Bild, was sie von Brest erfahren hatte, und ergänzte ihr Diagramm auf dem Clipboard um diese Informationen. »Brest sagte, ich solle zwei und zwei zusammenzählen, also lasst uns rechnen!«

Klemme ließ bereits seine Finger über die Tastatur fliegen. »Sylt ist also ein geeigneter Ort, um unauffällig abzutauchen«, murmelte er vor sich hin. »Weiter gehen wir davon aus, dass Donati diesen Mafioso Bosetti in der Villa getroffen hat, wahrscheinlich, um ihm die Gemälde zu verkaufen, richtig?«

Bente und Heike nickten.

»Dann würde ich bei der Nachricht, dass Donati vor dreißig Jahren hier auf Sylt ermordet wurde, die Gemälde aber nicht bei ihm gefunden wurden, davon ausgehen, dass es Verbündete gab.«

»Klingt logisch! Also suche ich auf Sylt die Häuser heraus, die in dieser Zeit gekauft wurden und auch noch von denselben Leuten bewohnt werden!«, fuhr Bente fort.

»Die Einbruchserie!«, klatschte Heike in die Hände.

»Kannst du das herausfinden, Klemme?« Bente gefiel der Gedanke.

»Ja, aber das dauert.«

Ihr Blick wanderte zu Hansen, der grinsend mit den Augen rollte und zum Handy griff. Während er seinen Kontakt beim Grundbuchamt bemühte, fiel es Bente wie Schuppen von den Augen. »Wer hat Zugang zu Grundbüchern?«

»Notare und Rechtsanwälte, also diese Mafiakanzlei!«, rief Heike.

»Nehmen wir an, Donati kommt mit den Gemälden nach Sylt und trifft sich mit Bosetti in der Villa.« Bente legte das Deckblatt vom Clipboard um und schrieb die Namen auf den neuen Bogen. »Wer fällt euch ein, der von diesem Treffen gewusst haben könnte?«

»Ich finde keine Meldeadresse von Paul Verhoek, weder hier auf Sylt noch sonst irgendwo!«, meldete Klemme sich zu Wort.

Bente schrieb Verhoeks Namen mit einem Fragezeichen auf das Clipboard.

»Friedhofsverwaltung!«, brummte Hansen.

»Gute Idee!«, Klemme suchte die Nummer heraus und wählte. Für die Dauer des kurzen Telefonats herrschte gespanntes Schweigen im Büro. Lediglich Ulrikes Schwanz schlug im Takt auf den Boden. Klemme legte auf und hob einen Daumen. »Karola Thiele bezahlt die Grabgebühren, sie wohnt in Rantum, Hörnumer Straße 40!«

»Bingo, das ist ganz im Süden, nur hundert Meter vom Parkplatz, wo die Leichen gefunden wurden und um die Ecke vom BMW. Komm, Heike!« Bente nahm die Autoschlüssel, pfiff leise und wies Klemme im Hinausgehen an, zwei Streifenwagen an die Adresse zu schicken und Brest zu informieren.

»Brodersen!«

Sie drehte sich im Türrahmen um und sah Hansen fragend an.

»Seid vorsichtig. Zwei Männer sind eiskalt hingerichtet worden!«

»Sind wir, versprochen! Klemme, weißt du, wie alt Karola Thiele ist?«

»Sechsundsiebzig!«

»Okay, Heike, Weste und Waffe mitnehmen!«

Kapitel 32

Sie setzte sich auf die Teakholzbank vor Pauls Grab, ließ den Blick über seinen Grabstein hinweg in die Weite des Himmels schweifen und genoss das Gefühl von Selbstbestimmtheit. Weglaufen, sich verstecken, ein neues Leben beginnen – das hatte sie in der Vergangenheit häufig machen müssen, aber nie allein. Paul war immer an ihrer Seite gewesen, bereit, jede potentielle Gefahr von ihr abzuwenden. Seit ihrem zwölften Geburtstag war er nicht von ihrer Seite gewichen. Er war zu einem festen Bestandteil ihres Lebens geworden und diese Verbindung hatte alle anderen Beziehungen, auch die zu Vincent, überdauert. Ihn vor fünf Jahren verloren zu haben, bedeutete noch heute den größten Verlust in ihrem Leben. Er war Bruder, Vater und bester Freund zugleich gewesen. Sie nahm ihr Handy und wählte die Nummer, die Paul vor langer Zeit eingespeichert hatte. Nach dem zweiten Klingeln hörte sie den Atem des Angerufenen. Sie straffte die Schultern.

»Wie beleidigend, mir Amateure auf den Hals zu schicken!«, begann sie das Gespräch mit ruhiger, fester Stimme. Sie hatte nichts zu verlieren.

»Sie waren unwichtig und haben ihre Aufgabe erfüllt. Jetzt weiß ich, wo Sie sind«, kam die prompte Reaktion.

Sie kannte ihn nicht, er war die nächste Generation und stand seinem Vater in Sachen Skrupellosigkeit in nichts nach, so hieß es. »Das gleiche gilt für mich. Passen Sie auf sich und Ihre Familie auf!« Damit beendete sie das Gespräch, aber sie konnte das verunsicherte Lachen noch hören. Mehr wollte sie nicht tun, sie war vorbereitet.

Paul hatte die Villa nie aus den Augen gelassen und sich gewundert, weshalb niemand kam, um nach Bosetti und den Gemälden zu suchen. Jahre später war ihnen klar geworden, dass es keine Mitwisser gegeben hatte. Bosetti hatte diesen Jahrhundertdeal geheimgehalten, wahrscheinlich aus gutem Grund. Für 500 Millionen wurde auch innerhalb der Familie gemordet.

Mit der Zeit waren die Villa, der Tresorraum und die verschütteten Leichen in Vergessenheit geraten und sie hatten ein beschauliches Leben geführt. Die wenigen Personen, die die Villa im Laufe der Jahre besuchten, konnten der Kanzlei zugeordnet werden. Trotzdem hatte Paul darauf bestanden, regelmäßig den Ernstfall durchzuspielen. Die Plane an der am wenigsten gesicherten Tür auszulegen, war eine der Maßnahmen gewesen, die er sie gelehrt hatte.

Wahrscheinlich war der Anruf überflüssig gewesen, aber es hatte ihr gutgetan, ihm zu drohen. Irgendjemand war auf dem Weg oder bereits vor Ort, um sie auszuschalten. Er würde nichts mehr finden.

Niemals hatten Paul und sie gedacht, dass die Villa abgerissen werden könnte. In ihrer Heimat galten Gebäude, die älter als die Prohibition waren, als Relikte einer vergangenen Zeit. Amerika gierte nach kulturellen Stätten, alles Alte wurde erhalten und der Bevölkerung als Attraktion präsentiert. Sie spürte kein Heimweh bei diesen Gedanken. Ihre Heimat war hier auf Sylt.

»Du wärest stolz auf mich gewesen!«, murmelte sie und dachte an die Anstrengung, die es gekostet hatte, die beiden Leichen am Parkplatz abzulegen.

Versonnen verfolgte sie die Möwen auf ihrem Weg zum Wasser. Unvermutet kam die Erinnerung an ihre Kindheit in Chicago hoch. Sie war wie eine Prinzessin in dem palastartigen Gebäude mit dem riesigen, ummauerten Park aufgewachsen. Als einziges Kind eines der größten Mafiabosse der Fünfzigerjahre hatte das Tragen von Waffen zur Tagesordnung gehört. Ihre Vorstellungen von Moral, Recht und Gesetz waren geprägt von dem Umfeld, in dem sie lebte. Sie hatte nicht den Bruchteil einer Sekunde gezögert, die Männer auszuschalten. Töten oder getötet werden, es gab nur diese beiden Möglichkeiten.

Bisher hatte Paul das Töten für sie übernommen, aber meist war sie zugegen und einfach nur langsamer gewesen. Er war als *der Niederländer* von den Clans gefürchtet worden. Verhoek brachte kein Italiener über die Lippen, außerdem war er unbestechlich gewesen. Er hatte nie geheiratet oder Kinder gezeugt, seine uneingeschränkte Loyalität hatte allein ihr gegolten. Das war selbst für die alteingesessenen Capos nicht nachvollziehbar gewesen. Für kein Geld der Welt hätte er sie verraten!

Als Vincent im Gefängnis erschlagen worden war, hatte er sie außer Landes gebracht. Das Milieu war überzeugt davon, dass sie auf einem Milliardenschatz säße.

Mit einer Hand umschloss sie den Griff der Pistole in ihrer Tasche. Sie war die Tochter ihres Vaters, letzte ihres Clans und langjährige Gefährtin des Niederländers. Sie würde sich nicht kampflos ergeben!

Kapitel 33

Bente hielt mit dem Bulli an der Ecke zum Hebbelweg und sprang raus. »Bin gleich zurück«, raunte sie Heike zu, die ernst nickte. Sie konnte sich denken, was ihre Chefin vorhatte.

Weder Brest noch Lemke waren auf der Baustelle. Ärgerlich stieß sie den angehaltenen Atem aus. Sie musste Dampf ablassen! Oliver Lemke war einer der Rädelsführer gewesen, durch seine hinterhältigen Machenschaften war sie geschnitten und mit Argusaugen beäugt worden! Ihr Dienst war ein einziger Spießrutenlauf gewesen, immer auf der Hut vor unachtsamen Äußerungen. Wie sehr hätte sie einen Freund gebraucht, aber sie war sich bei keinem der Kollegen sicher gewesen, ob sie ihm vertrauen konnte. Lediglich Anka hatte sie durchhalten lassen, aber schon bald war ihr der Spitzname *einsame Wölfin* zu Ohren gekommen. Es hatte ihren Zustand treffend bezeichnet, sie aber nicht vor der wachsenden Verzweiflung geschützt. Mittlerweile wusste sie, dass es falsch gewesen war, sich wie eine Glucke um Anka zu kümmern und in zahlreichen Affären nach Bestätigung zu suchen. Erst in diesem Umfeld auf Sylt hatte sie zurück zu sich selbst gefunden. Die zerrüttete Beziehung zu Anka war seitdem viel besser geworden und sie hatte sich auf eine feste Beziehung zu Erik eingelassen. Sie fühlte sich rundum wohl, aber Lemke hatte alte Wunden aufgerissen.

»Weiter geht's!«, murmelte sie, stieg auf den Fahrersitz und bog auf die Maybachstraße Richtung Rantum ein.

»Du wolltest ihn zur Rede stellen«, sagte Heike nach einem Kilometer.

Bente nickte nur.

»Gut, dass er nicht da war, ist bestimmt besser, wenn du nicht emotional am Anschlag bist«, grinste Heike.

»In dir wohnt ein alter, weiser Geist, du Küken!«, grinste Bente zurück.

Vor dem Haus in der Hörnumer Straße 40 standen die Streifenwagen und auch der dunkle Passat von Brest und Lemke.

Bente ärgerte sich, Klemme aufgetragen zu haben, die BKA-Kollegen zu informieren. »Dann auf in den Kampf!«, zwinkerte sie Heike zu und wies mit dem Kopf auf Lemke, der in der Haustür stand.

»Halt dich zurück, Brodersen«, mahnte Heike.

»Ich bemühe mich.« Bente atmete zweimal tief durch und stieg aus.

Zeitgleich entstieg Friedrichs dem Streifenwagen und berichtete: »Wir haben Anordnung, hier zu warten. Die Kollegen vom BKA haben ihr SpuSi-Team herbeordert.«

Bente wandte sich an Heike: »Ruf Flackner an, ich will, dass er ebenfalls kommt!«

»Das ist kein Wettkampf!«, seufzte Heike.

»Oh doch, für Lemke ist es einer!«, erwiderte sie angriffslustig. Innerlich kochte sie bei seinem Anblick, riss sich aber zusammen. Sie ignorierte ihn und betrat das Haus, wo sie auf Brest traf.

»Gute Arbeit! Sieht aus, als hätten sie einen Treffer gelandet. War das einfach Glück oder das Ergebnis Ihrer Ermittlungen?«, fragte er offen und ehrlich interessiert.

»Ich würd's Heimvorteil nennen«, erwiderte sie lapidar. Es war nicht auszuschließen, dass er in Lemkes persönlichen Rachefeldzug eingeweiht war.

»Karola Thiele könnte der Schlüssel zu all dem sein«, fuhr Brest fort.

»Ja, sie bezahlt das Grab von Paul Verhoek in Westerland.«

»Als die Fingerabdrücke an der Waffe einem Holländer zugeordnet werden konnten, waren wir alarmiert.«

»Inwiefern?«, hakte Bente nach.

»Weil seit ebenfalls dreißig Jahren der Bodyguard von Clara Costello, Tochter des berühmten Mafiabosses aus den Fünfzigern, vermisst wird. Er taucht in den Akten nur als *der Niederländer* auf. Paul Verhoek muss dieser Mann gewesen sein!«

»Schwer vorstellbar, dass ausgerechnet Sylt Schauplatz eines Mafiakrieges sein soll«, warf Heike ein.

»Typisch Provinz!«, spuckte Lemke verächtlich aus.

Es kostete Bente viel Selbstbeherrschung, ihn weiterhin zu ignorieren. »Wir denken, dass Sylt nur wegen der Villa mit dem Geheimtresor ausgewählt wurde. Bosetti hatte wahrscheinlich durch seine Verbindungen zu argentinischen Drogenbaronen davon gehört und den Kauf über *Goldmann, Wolf & Salvati* abwickeln lassen.«

Brest nickte, wandte sich um und bat sie, ihm zu folgen. »Diese Lücken sprechen Bände!« Er wies auf die Wände im Wohnzimmer. Jeder Quadratzentimeter war mit gerahmten

Fotos und Gemälden aller Größen bedeckt. Aber ihre Aufmerksamkeit galt den Flächen, die lediglich die Tapete zeigten.

»Es sind dreizehn!«, klärte Brest sie auf, als er bemerkte, dass sie zählte.

»Die Gemälde aus dem Bostoner Museumsraub!«, rief Heike ungläubig.

»Immerhin könnt ihr hier bis dreizehn zählen!«, bemerkte Lemke sarkastisch.

Bente suchte seinen Blick und starrte ihn kalt an.

»Hier in der Provinz halten wir zusammen und können uns aufeinander verlassen, Olli!« Sie betonte seinen Namen, um ihn wissen zu lassen, dass sie wusste, wer er war und welches Spiel er spielte.

Für einen Augenblick spiegelte sich Überraschung in seinen Gesichtszügen wider.

»Hat lange gedauert, dass du dich erinnerst!« Bente nickte. »Bleiben wir beim Sie, Herr

Lemke!«

»Ist mir auch lieber! Je größer der Abstand, desto geringer die Gefahr, ans Messer geliefert zu werden. Sie machen ja nicht mal Halt vor dem eigenen Ehemann!«

Bente war nicht darauf vorbereitet, dass er so direkt sein würde. Dieser Angriff zog ihr für eine Sekunde den Boden unter den Füßen weg.

Lemke bemerkte ihre Fassungslosigkeit und fuhr gehässig fort: »Wenn sich Kollegen nicht mehr aufeinander verlassen können, ist es um die Polizei schlecht bestellt. Aber vielleicht weiß ja hier auf dieser Insel niemand von dem Verrat!«

»Oliver, halt deinen Rand!«, fuhr Brest dazwischen.

»Nein, lassen Sie ihn!«, wiegelte Bente ab.

»Sie hat gegen ihren eigenen Ehemann ausgesagt!«, richtete Lemke sich an Heike. Dann sah er Bente wütend an. »Lutz hat dir vertraut, er hat auf dich gezählt!«

Völlig entgegen ihrer Erwartung breitete sich ein zufriedenes Lächeln auf ihrem Gesicht aus. Lutz hatte nicht nur sie, sondern auch Anka in Gefahr gebracht. Er hatte Drogen, die als Beweismittel sichergestellt worden waren, entwendet und an die Drogenbosse zurückgegeben. Gegen viel Geld. Ein Sonderkommando hatte die Übergabe vereitelt und Lutz festgenommen. Bei ihrem ersten Besuch im Gefängnis war er wutentbrannt auf sie losgegangen, als sie ihm begreiflich machen wollte, weshalb sie nicht für ihn lügen konnte. Es war ihr letztes Zusammentreffen gewesen. Bis vor drei Jahren, als er todkrank und überraschend auf Sylt aufgetaucht war, um sich zu entschuldigen und zu verabschieden. Sie hatte ihm verziehen, drei Monate später war die Nachricht von seinem Tod eingetroffen. Sie hatte ihren Frieden mit diesem Kapitel ihrer Vergangenheit gemacht. Lemke starrte sie ungläubig an. »Freust du dich etwa, dass du ihn wegen einer kleinen Verfehlung ins Gefängnis gebracht hast? Du müsstest wissen, wie es einem Polizisten im Knast ergeht!«

»Lutz hat mehrere Kilo Kokain aus der Asservatenkammer gestohlen, um dafür ne knappe Million zu kassieren! Das war keine kleine Verfehlung, sondern eine Straftat. Im Gegensatz zu dir hat er seinen Fehler eingesehen und die Strafe angenommen. Er ist als besserer Mensch aus dem Gefängnis entlassen worden, aber Leute wie du haben ihn gedeckt und hätten auch immer weiter die Augen verschlossen! Wo führt das hin, wenn wir je nach Ansehen der Person das Recht biegen? Wie viele Straftaten hast du selbst begangen oder unter den Teppich gekehrt, weil du die Täter kanntest?« Bente sah die Blicke von Heike und Brest auf sich ruhen. Sie nickten stumm, aber Lemke hob zum Protest an. Sie ließ ihn nicht zu Wort kommen. »Mein Job ist nicht immer leicht, aber ich kann mir jeden Morgen im Spiegel begegnen, ohne zu kotzen!«

Heike beendete das Intermezzo und hielt ihrer Chefin das Handy vor die Nase. »Die Maße der Lücken passen zu den gestohlenen Gemälden aus Boston.« Sie hatte im Internet die Bilder aufgerufen. Bente sah auf das Display, während Lemke zu einem weiteren Wortgefecht ansetzte. Ohne den Blick zu heben, sagte sie ruhig: »Behalten Sie Ihre Gedanken für sich, Lemke. Ich bin hier, um einen Doppelmord aufzuklären.« Damit wandte sie sich ab und dankte Flackner stumm, dass er just in diesem Moment auf Krücken durch die Tür kam.

»Wieso sind die Spuren im Garten nicht gesichert?«, grummelte er.

Einer der Kollegen vom SpuSi-Team des BKA hob entschuldigend die Schultern.

»Dann zackig, bevor noch mehr Leute drübertrampeln!«, wies Flackners ihn an und humpelte an ihnen vorbei zu der aufgebrochenen Terrassentür. Er zog sich Latexhandschuhe über, schloss die Tür und ließ die Plissees an Tür und Fenstern herunter. Bente wusste, was er vorhatte und folgte ihm. Sie schloss die Tür hinter Heike, aber direkt vor Lemkes Nase. Augenblicklich lag das Zimmer im Dunkeln.

»Ich brauch Licht!«, grollte Flackner und sie betätigte den Schalter neben der Tür. An den Tresen gestützt, holte er eine Sprühflasche mit Luminollösung hervor und verteilte den Inhalt großzügig. Dann trat er zu ihnen an die Tür und verkündete: »Wenn die beiden Männer in diesem Haus erschossen wurden, dann aus dieser Position, kurz nachdem sie sich Zugang verschafft hatten!«

Er reichte Heike die Flasche. »Besprüh auch die Küchenschränke und die Fliesen, mir wird der Arm lahm!« Sie tat wie geheißen und Bente löschte das Licht.

Flackners UV-Lampe kreiste wie ein Suchscheinwerfer in dem Zimmer umher und mehrere helle Flecken und Spritzer wurden sichtbar. »Siehste!«, murmelte er selbstgefällig.

»Bingo! Karola Thiele ist die Mörderin!«, flüsterte Heike, unsicher, ob die Kollegen vor der Tür das hören durften.

»Gut möglich, aber wir gleichen das Blut mit den Leichen ab, um sicher zu gehen. Allerdings sind vor der Terrassentür im Vorgarten deutlich Schleifspuren zu erkennen. Da sollten sich Fasern der Gewebeplane finden lassen!«

»Flackner, du bist zwar ein komischer Vogel, aber Hut ab vor deiner Arbeit!«

»Das leg ich mal großzügig als Kompliment aus, Brodersen«, lachte er verschmitzt.

Bente knipste das Licht wieder an und öffnete die Tür zur Diele. Brest stand einige Meter entfernt.

»Mein Kollege ist zurück zu den Skelettfunden vor dem Tresorraum. Ich hatte keine Ahnung, dass Sie sich kennen, sorry«, entschuldigte er sich unumwunden.

»Schwamm drüber!« Sie zuckte mit den Achseln. »Die Küche ist aller Wahrscheinlichkeit nach der Tatort, Sicherheit geben uns erst die Laborergebnisse, aber Karola Thiele ist dringend tatverdächtig!«

»Carla Donna Costello war mit Vincent Ferrara verheiratet. Wahrscheinlich handelt es sich bei Karola Thiele um eine falsche Identität. Vom Alter passt es jedenfalls.«

Flackner erschien in der Tür und hielt einen Plastikbeutel hoch. »Planen heißen Planen, weil manche damit einen Doppelmord planen«, grinste er. Bentes ausdruckslose Miene ließ ihn auflachen.

Brest fragte interessiert nach: »Sie haben Spuren der Gewebeplane gefunden?«

»Spuren? Das ist ein rausgerissener Fetzen von über einem Quadratzentimeter!«, erwiderte Flackner zufrieden.

»Okay, welche Verbindung gibt es zwischen Karola Thiele alias Carla Ferrara und Bosetti und Donati?«, wandte Bente sich an Brest.

»Donati steht im Verdacht, die Gemälde geraubt zu haben, um Vincent Ferrara aus dem Gefängnis freizupressen. Nachdem er von Mithäftlingen ermordet worden war, ging das FBI davon aus, dass Donati die Gemälde an jemand anderen verkaufen würde. Da kommt Bosetti ins Spiel. Für die Verwahrung war der Geheimtresor hier auf Sylt wie geschaffen.«

»Und sie war schon hier untergetaucht?«

»Nein, es ist naheliegender, dass sie Donati überwachen ließ und ihm auf die Insel gefolgt ist.«

»Dann hat sie oder dieser Verhoek Bosetti und Donati auf dem Gewissen?«

»Gut möglich. Angesichts der Lücken in der Bildergalerie liegt es auf der Hand, dass sie die Gemälde in ihren Besitz gebracht hat.«

Bente sah sich um. Das Haus war wunderschön, aber nicht protzig. Die Einrichtung zeugte von einem individuellen Lebensstil, die Bewohnerin hatte Einzelstücke von allen Kontinenten miteinander kombiniert, was einen besonderen Reiz auf Bente ausübte. Es war gemütlich und dennoch fühlte sie sich wie in einem Museum.

»Warum tötet eine alte, alleinstehende Frau für diese Gemälde? Um Geld kann es doch nicht gehen, oder?«

»Sie ist die Letzte ihres Clans und seit dreißig Jahren untergetaucht. Mit dem Schatz stellt sie eine mächtige Gefahr für die konkurrierenden Clans dar. Ohne die Gemälde wäre sie harmlos gewesen, aber natürlich geht es für die nachgerückten Mafiagrößen auch um Geld. Korruption und Auftragsmorde verschlingen Unsummen«, klärte Brest sie achselzuckend auf.

»Das heißt, sie war in Gefahr!«

Brest seufzte. »So funktioniert organisierte Kriminalität, töten oder getötet werden.«

Bentes Handy klingelte. »Klemme, was gibt's?«

»Die Friedhofsverwaltung hat angerufen. Karola Thiele sitzt auf einer Bank vor Verhoeks Grab.«

»Wir sind unterwegs!« Sie rief die Information im Hinauslaufen Brest zu und sprintete, dicht gefolgt von Heike, zum Bulli.

Als sie den Motor startete, wurde die Schiebetür geöffnet und Brest stieg ein. »Ich komme mit. Diese Frau ist keine hilflose, trauernde Omi. Sie hat zwei Profikiller kaltblütig erschossen, und das ist sicher nicht das einzige Verbrechen, was auf ihr Konto geht! Sie wird, ohne zu zögern, von einer Schusswaffe Gebrauch machen!«

Kapitel 34

Es hatte keine zwei Stunden gebraucht, um von Berlin nach Sylt zu kommen. Die Chartermaschine würde auf ihn warten.

Er stand vor einer Gedenktafel am Friedhofstor und sah sie in einiger Entfernung auf einer Bank sitzen. Für einen Fernschuss waren zu viele Besucher auf dem Gelände unterwegs. Er würde aus nächster Nähe schießen und dafür sorgen, dass es aussehen würde, als wäre sie auf der Bank eingenickt.

Mit tief ins Gesicht gezogener Mütze und auf einen Gehstock gestützt, näherte er sich langsam der Bank. Er war einer von vielen alten Männern, die das Grab der Frau oder Kinder besuchten. Wortlos nickend erwiderte er die Grüße der Entgegenkommenden und umklammerte mit der freien Hand die Sig Sauer mit dem Schalldämpfer in seiner Manteltasche.

Sie saß regungslos auf der Bank und starrte auf das vor ihr liegende Grab. Es war ein Leichtes, sich ihr anzunähern. Der Schuss würde direkt ins Herz treffen. Es war eine Sache von Sekunden, ihren leblosen Körper an die Armstütze zu lehnen und sich wieder zu entfernen. Er wäre schon wieder in der Luft, bevor ihre Leiche entdeckt würde.

Nur noch wenige Meter trennten ihn von der Erfüllung seines Auftrags.

Kapitel 35

Sie sah auf die Uhr. Seit dem Anruf waren drei Stunden vergangen. Genug Zeit, um ihren Mörder auf die Insel zu bringen. War es das überhaupt noch wert?

Seit sie denken konnte, war der Tod ein ständiger Begleiter gewesen und nie hatte sich das schlechte Gewissen bei ihr gemeldet. Auch jetzt fühlte sie keine Reue. Was nötig war, musste getan werden. Sie war aus der Übung, die Waffen hatten seit über fünf Jahren unangetastet im Safe gelegen. Aber es war vertraut und einfach gewesen, zwei Schüsse auf zwei unterschiedliche Ziele abzufeuern. Das jahrzehntelange Training hatte sich ausgezahlt. Die beiden Körper in die Plane zu wickeln und diese dann mit einem Stahlseil an der Anhängevorrichtung ihres Autos über die Hauptstraße zu ziehen, war so erschöpfend gewesen, dass sie das Risiko, entdeckt zu werden, ausgeblendet hatte. Aber der Fund von Donatis Leiche ließ sich nicht rückgängig machen. Der Stein war nach all den Jahren ins Rollen gekommen, jetzt steuerte er mit Höchstgeschwindigkeit auf sie zu.

Paul hatte darauf gedrängt, einen weit von der Villa entfernten Ort zu suchen, an dem sie sich niederlassen konnten, aber sie hatte diese raue, norddeutsche Insel spontan ins Herz geschlossen. Natürlich hatte er ihr nicht widersprochen, sondern Vorkehrungen getroffen.

Er hatte den Zugang zu dem versteckten Tresorraum im Keller der Villa gesprengt und die Leichen von Bosetti und Gnellini unter dem Schutt begraben. Danach hatte er den Zugang vom Keller aus zugemauert, sodass nichts mehr auf diesen Tresor hinwies. Anfangs war sie bei jedem Besuch von Gästen in der Villa aufgeregt und nervös gewesen, aber mit jedem Jahr war sie sicherer geworden. Und dann hatte sie in der *Sylter Rundschau* von dem geplanten Abriss gelesen.

Still saß sie auf der Teakholzbank und starrte auf den Grabstein. Aus den Augenwinkeln nahm sie eine Bewegung wahr. Jemand kam auf sie zu. Ohne den Kopf zu drehen, beobachtete sie den alten Mann. Zwar stützte er sich auf einen Stock, zog aber das falsche Bein nach. Sie verkniff sich ein Lächeln. Auch sie nutzte manchmal einen Gehstock, ohne ihn wirklich zu benötigen. Ihre Hand schloss sich um die Walther PPS, die entsichert in ihrer Handtasche lag. Ein Schalldämpfer war überflüssig, es kam nicht mehr darauf an, zu entkommen.

Langsam richtete sie den Lauf der Waffe auf den herannahenden Alten. Sie würde bei der kleinsten, verdächtigen Bewegung durch die Tasche hindurchschießen. Den Finger am Abzug, bereit, abzudrücken, nahm sie aus dem Augenwinkel wahr, dass der Mann sich umwandte und schnell entfernte. Irritiert starrte sie ihm nach.

Kapitel 36

Am Friedhof angekommen, wies Bente den angeforderten Kollegen ihre Positionen zu. »Die Zielperson ist Sechsundsiebzig und höchstwahrscheinlich bewaffnet. Sie hat zwei Profikiller eiskalt erschossen, also höchste Gefahrstufe! Trotzdem kann sich jeder ausmalen, was passiert, wenn die Polizei auf dem Friedhof eine alte Frau erschießt, also tief durchatmen und nur im äußersten Notfall von der Schusswaffe Gebrauch machen!«

Zustimmendes Gemurmel war die Reaktion auf diese Ansprache.

Brest nickte Bente zu und ging mit gezogener Waffe voran.

Sie sah über das Friedhofsgelände und zählte dreiundzwanzig Besucher. Ein Dutzend bewaffnete Polizeibeamte auf dem Friedhof würde für einen Shitstorm sorgen, den Brest auf seine Kappe nahm. Darüber hatten sie auf der Fahrt heftig diskutiert, weil Bente sich nicht drücken wollte, die Verantwortung als Dienststellenleiterin zu übernehmen. Er hatte sie angehört, aber dann ernst den Kopf geschüttelt. Das BKA sei der Landespolizei übergeordnet und weisungsbefugt. Er leite diesen Einsatz. Bente hatte sich gefügt.

Heike studierte den Friedhofsplan und zeigte auf das Grab von Verhoek auf der Ostseite im hinteren Bereich. Während sie sich vorsichtig näherten, geleiteten mehrere Beamte die erschrockenen Besucher zum Ausgang. Hinter einer mannshohen Hecke lugten sie auf die vor ihnen liegende Bank, auf der Karola Thiele saß.

Bente legte eine Hand auf die gezogene Waffe von Brest. »Nicht! Geben Sie mir Feuerschutz, ich gehe zu ihr. Bitte!«

Er schluckte trocken, sah ihr tief in die Augen und schüttelte den Kopf. »Auf keinen Fall, Sie bleiben hinter mir!«

»Aber ich kenne sie!«

»Was?«, zischte Brest.

»Nicht wirklich, aber sie wird sich an mich erinnern, da bin ich mir sicher!«

Er zögerte und nickte schließlich.

Bente trat hinter der Hecke hervor und ging auf Karola Thiele zu.

Kapitel 37

Sie sah eine Frau auf sich zukommen. Hatte sie sich ge-
täuscht, war nicht der Mann mit Gehstock, sondern
diese Frau der Killer? Sie drehte die Waffe in der Tasche um
einhundertachtzig Grad, sodass der Lauf auf die Brust der
Frau zeigte. Sollte sie abdrücken? Aus den Augenwinkeln
sah sie, dass die Frau beide Arme über den Kopf hob und
ihre leeren Hände zeigte. Plötzlich erkannte sie das Gesicht
wieder.

»Sie?«

Kapitel 38

»Frau Thiele? Erinnern Sie sich an mich?«, fragte Bente. Ihr klopfte das Herz bis zum Hals. Hatte diese Frau zwei Männer eiskalt erschossen? In diesem Moment kam ihr die Idee, der Tochter eines Mafiabosses unbewaffnet zu begegnen, extrem fahrlässig vor. Wüsste Erik von dieser Aktion, würde sie Ärger bekommen. Und ganz sicher würden die Kollegen ihm bei seiner Rückkehr von diesem Einsatz erzählen. Wenn es gut ausging. Wenn nicht, würde er in Norwegen ausfindig gemacht werden, um bei ihrer Beerdigung dabei zu sein.

Für einen Moment sah Bente die Kälte in den Augen der zierlichen Alten, aber dann hoben sich ihre Mundwinkel und sie zog die Hand aus der Tasche. Ganz sicher war darin eine Pistole, dachte Bente.

»Mit Ihnen habe ich am allerwenigsten gerechnet«, seufzte sie und klopfte neben sich auf die Sitzfläche. »Setzen Sie sich doch.«

Bente erinnerte sich an die Situation vor dem Supermarkt, als sie mit dem Punk zusammengestoßen war. Diese resolute, alte Frau war also Karola Thiele gewesen.

»Ich genauso wenig mit Ihnen!« Sie zeigte ihren Dienstausweis vor und hob fragend eine Augenbraue, den Blick auf die Handtasche gerichtet. Wortlos nickte die Frau und Bente griff zu der Tasche, holte die Waffe heraus und hielt sie in die Höhe. Heike und Brest waren im selben Moment zur Stelle und legten die Handschellen an.

»Wie sind Sie auf mich gekommen?«, wandte Karola Thiele sich an Bente.

Sie wies mit dem Kopf zum Grab. »Seine Fingerabdrücke sind auf der Waffe vor dem Geheimtresor der Villa. Sie zahlen die Grabgebühren.«

»Ohne Paul hat mein Leben keinen Sinn mehr«, seufzte sie.

»Hat er vor dreißig Jahren Bosetti, Gnellini und Donati getötet?«, fragte Bente.

»Paul hat Donati nicht getötet. Er wollte kassieren, aber Bosetti schloss ihn im Tresor ein. Die Mafia erlaubt keine Alleingänge.«

»Aber er hätte ihn befreien können, oder?« Verständnislos riss Karola Thiele die Augen auf.

»Er musste für seinen Verrat an meinem Mann und mir sterben. Paul hätte ihn genauso getötet wie Bosetti und Gnellini, aber die Tresortür war verschlossen.«

»Welchen Verrat?«

»Bobby hatte den Raub durchgeführt, aber dafür war er bezahlt worden. Als Vincent kurz darauf umgebracht wurde, gehörten die Gemälde mir. Aber er machte sich mit dem Schatz aus dem Staub, das wurde ihm zum Verhängnis. Loyalität ist überlebensnotwendig in meinem Milieu!«

»Wo sind die Bilder jetzt?«

Sie sah stumm zum Grab und lächelte.

»Wir haben die dreizehn Lücken an den Wänden in Ihrem Haus gesehen. Da hingen die Bilder, oder?«

Karola Thiele murmelte leise: »Dabei mache ich mir eigentlich nichts aus Kunst.«

»Woraus machen Sie sich denn was?« Bente wollte das Gespräch nicht versiegen lassen. Sie war sich sicher, dass diese Frau bei den offiziellen Vernehmungen keine Aussage machen würde.

»Diese Insel hat es mir angetan«, sagte sie beinahe wehmütig. »Die Dünen, der weite Strand, der stetige Wechsel von Ebbe und Flut und diese salzige Luft sind einzigartig auf der Welt! Hier habe ich ein Zuhause gefunden.«

»Und wer waren die beiden Männer, die bei Ihnen eingebrochen sind?«, wagte Bente einen Vorstoß.

»Auftragskiller. Sie hatten mich gefunden. Ich musste sie erschießen, sonst wäre ich jetzt tot.«

»Hinterrücks per Kopfschuss zu töten, ist keine Notwehr!«

»In Ihrer Welt vielleicht nicht, aber in meiner schon. Töten oder getötet werden, da gibt es keine Grauzone.«

Bente sah sie durchdringend an. »Wo finden wir die Gemälde?«

Stumm hob sie die Schultern.

»Sie wollen es mir nicht sagen?«

»Die Bilder befinden sich an einem sicheren Ort!«, flüsterte sie lächelnd.

»Was wissen Sie über diesen Tresorraum?« Bente wollte so viele Antworten wie möglich, es waren noch so viele Fragen offen.

»Nichts, nur dass Paul den Zugang gesprengt hat!«

»Sagt Ihnen der Name Gabriele Cleo oder Koch etwas?«

Sie schüttelte den Kopf.

»Eine letzte Frage noch, und bitte, geben Sie mir darauf eine Antwort: Wer hat die Profikiller geschickt? Wie lautet der Name des Auftraggebers?«

Lächelnd legte Karola Thiele einen Zeigefinger an die Lippen. »Ich lebe lange genug hier, um das Sprichwort, *Der Fisch stinkt vom Kopf,* zu kennen, aber die Familie steht über allem!«

Enttäuscht sah Bente zu Brest und nickte ihm zu.

»Karola Thiele alias Carla Ferrara, ich nehme Sie fest. Sie stehen in dem dringenden Tatverdacht, zwei Männer getötet zu haben«, verkündete er vorschriftsmäßig. Es durften keine Verfahrensfehler gemacht werden.

Die Frau schien innerhalb der letzten halben Stunde um Jahre gealtert, aber als sie sich ein letztes Mal zu dem Grab umdrehte, strahlte ihr Gesicht vor Liebe und Dankbarkeit.

»Wir sehen uns bald«, hörte Bente sie flüstern und sah eine einzelne Träne auf ihrer Wange.

Kapitel 39

Den Abend verbrachte Bente mit Ulrike am Strand. Sie musste den Kopf frei bekommen. Karola Thiele hatte nach ihrer Verhaftung kein Wort mehr gesagt. Ihr Geständnis würde vor Gericht zählen, allerdings war bereits ein Auslieferungsersuchen seitens der US- amerikanischen Behörden gestellt worden. Es lag nicht in ihrer Hand, ob sie sich vor einem deutschen Gericht für zweifachen Mord verantworten würde oder in den USA ihren Prozess gemacht bekäme. Der Verbleib der Gemälde aus dem Bostoner Museum und ihre Zugehörigkeit zur Mafia waren für die amerikanischen Kollegen von größtem Interesse.

Kurz vor Feierabend hatte sich ein Anwalt aus Berlin eingefunden. Er präsentierte eine Patientenakte seiner Mandantin und forderte eine sofortige Überstellung in ein Krankenhaus. Brest lehnte dieses Ansuchen ab, ordnete aber eine amtsärztliche Untersuchung an. Gemeinsam mit Bente hatte er beschlossen, eine Sondereinheit des BKA per Hubschrauber einfliegen zu lassen, um Karola Thiele nach Frankfurt zu überführen.

Bente setzte sich in den Sand und beobachtete Ulrike bei der Möwenjagd. Die Ebbe sorgte für einen reich gedeckten Abendbrottisch voller Krabben und Würmer. Langsam schwand die diffuse Angst, die sich wie ein Stahlgürtel um ihren Brustkorb gelegt hatte. Die Kollegen vom BKA waren mittlerweile eingetroffen und sie hatte ihre Leute in den verdienten Feierabend entlassen. Nie zuvor war sie so nah an der Mafia dran gewesen und sie hoffte, dass dieses Kapitel ein für alle Mal abgeschlossen war.

Ulrike legte eine Krabbe vor ihre Füße. Die Scheren klappten gefährlich nah an ihren Zehen auf und zu und sie sprang kreischend auf. Mit einem gezielten Biss knackte die Labradorhündin die Schale und zermalmte die Beute.

Für Bente und ihr Team war die Arbeit getan. Sie hatten die beiden Morde aufgeklärt und ein mündliches Geständnis über die Morde von vor dreißig Jahren. Flackners Laborergebnisse bestätigten die Wohnküche von Karola Thieles Haus in Rantum als Tatort. Von den Gemälden fehlte jede Spur. Brest hatte in der Akte vermerkt, dass die Aufklärung der Morde den Ermittlungen der Polizeidienststelle Sylt unter der Leitung von Kriminalhauptkommissarin Brodersen zu verdanken war.

Sie hatte dieses Lob selbstbewusst angenommen, aber es war ihr nicht wichtig. Bei dem Gedanken an Heike und Klemme mit stolzgeschwellter Brust lachte sie leise in sich hinein. Sie hatten dieses Lob mehr als verdient! Und auch Hansen war eine große Hilfe gewesen, mit ihm hatte sie sich für morgen verabredet.

Plötzlich traten ihr Tränen in die Augen. Sie vermisste Erik mehr denn je. Die letzten Stunden waren aufwühlend gewesen, nicht nur wegen der diffusen Angst, ins Kreuzfeuer der Mafia zu geraten, sondern auch, weil sie mit Lemke aneinandergeraten war. Erik wäre stolz auf ihre Selbstbeherrschung gewesen. Niemand kannte ihr aufbrausendes Gemüt besser als er. Sie sah ihn vor sich, wie er sich vor Lachen kugelte, während sie sich die Haare raufte.

Lemke war ohne Abschied abgereist. Brest hatte ihn vom Friedhof aus angerufen und von Karola Thieles Festnahme berichtet. Nur zu gern würde sie sein Gesicht sehen wollen, wenn er die Akte in die Hände bekäme. Aber sie machte sich nichts vor, Leute wie er waren nicht fähig, Fehler einzugestehen. Er lebte in seiner eigenen Blase und vertrat seine eigene Wahrheit. Daran konnte sie nichts ändern. Und musste es auch nicht. Wichtig war, dass ihre Kollegen hinter ihr standen!

Sie warf einen letzten Blick über die Weite der Nordsee. Die Sonne verschwand am Horizont und sie hatte nur einen Hoodie an. Es war kalendarischer Herbstanfang, das spürte sie jetzt. Auch wenn es mittags noch sommerlich warm war, wurden die Tage kürzer. Erst vorgestern hatte sie die ersten Lebkuchen im Supermarkt entdeckt.

Auf ihren Pfiff brach Ulrike die aussichtslose Möwenjagd ab und gemeinsam gingen sie die Friedrichstraße hinunter bis zum *Cropinos*. Der junge Mann an der Bar rief ihre Bestellung in die Küche, noch bevor sie den Mund aufgemacht hatte.

Grinsend nickte sie ihm zu und wartete bei einem koffeinfreien Kaffee an der Bar. Es war in letzter Zeit häufiger vorgekommen, dass sie trotz bleierner Müdigkeit nicht einschlafen konnte. Offenbar vertrug ihr Körper den abendlichen Koffeinschock nicht mehr.

Der Kellner brachte eine Schüssel Wasser für Ulrike, die sich darauf stürzte und einen beträchtlichen Anteil auf den Boden spritzte. Bente nahm eine Serviette, wischte das Laminat trocken und ging zum WC, wo ein Mülleimer stand. Als sie das Papier hineinwarf, hatte sie das Gefühl, irgendetwas gesehen oder gehört zu haben, was wichtig war. Langsam trat sie den Rückweg zur Bar an, sah sich aufmerksam um und lauschte konzentriert den Gesprächen an den Tischen im gutbesuchten Restaurant. Plötzlich erstarrte sie. Ihr Blick wanderte über die Bilder an den Wänden.

»Wie teuer ist eines dieser Bilder?«, fragte sie den Barmann aufgeregt.

»Die sind nicht zu verkaufen, aber der Chef hat gleich `n Zwölferpack bestellt, best of sozusagen. Muss `n Schnapper gewesen sein!«, erklärte er grinsend.

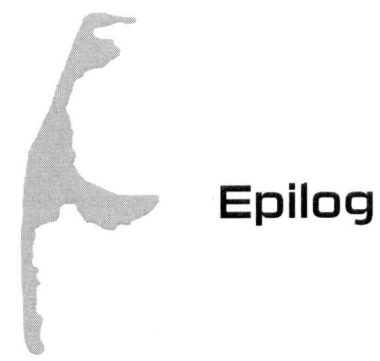

Epilog

Zwei Monate später wurde Gabriele Cleo von einem Gericht in Berlin schuldig gesprochen. Sie hatte mit NS-Raubkunst gehandelt. Acht verschollene Gemälde waren von der Kripo in ihrem Haus auf Sylt gefunden worden. Die Gemälde würden den rechtmäßigen Eigentümern übergeben werden. Gabriele Cleo, geborene Koch, wurde nachgewiesen, dass sie anhand ihrer familiären Verbindungen Kontakt zu ehemaligen NS-Offizieren pflegte. Darunter Heinrich Reinefarth, der sie bis zum Verkauf der Villa den geheimen Tresorraum nutzen ließ.

Bente war an dem Abend, wo sie die Bilder im *Cropinos* wiedererkannt hatte, direkt nach Tinnum zu dem Haus von Gabriele Cleo gefahren, hatte das Siegel aufgebrochen und war ins Wohnzimmer gestürmt. Fassungslos hatte sie mit sich gehadert, so blind gewesen zu sein. Selbst ein Laie wie sie hätte sich über die Kunstdrucke in dem Haus einer international renommierten Kunsthändlerin wundern müssen! Wieso waren ihr die Bilder im *Cropinos* nie zuvor aufgefallen? Konnte es sein, dass sie in ihrer Freizeit blind für visuelle Eindrücke war? Auf Nachfrage hatte der Barmann erklärt, dass die Bilder schon hingen, als er seinen Job angetreten hatte, das war drei Jahre her!

In dem Haus hatte die SpuSi eine Luftfilteranlage gefunden, wie sie in Museen installiert wurde, um die Kunstwerke bei optimaler Luftfeuchtigkeit zu präsentieren. Sie hatte sich dieses Gerät mit dem Beruf der Eigentümerin erklärt, aber keines dieser Massenware-Bilder erforderte solch einen Aufwand! Vorsichtig hatte sie die Rahmen von den Wänden genommen und war auf einen sensationellen Fund gestoßen. Hinter den Drucken hatten sich Originale von Klimt, Caspar David Friedrich, Schiele und sogar ein frühes Werk von Picasso befunden.

Am nächsten Tag waren Kunstexperten des Auswärtigen Amtes und der staatlichen Kulturbehörde auf Sylt eingetroffen. Die Werke konnten der NS-Raubkunst zugeordnet werden. Zeitgleich war Gabriele Cleo in Amsterdam verhaftet worden. Anhand ihrer Kundendatei gelang es dem BKA, zahlreiche, unrechtmäßig erworbene Gemälde zu beschlagnahmen.

Bentes Rolle in diesem Fall brachte ihr einen Besuch bei dem Polizeipräsidenten in Kiel ein. Darüber amüsierte sich Erik noch heute. Er wusste, wie wenig ihr an irgendwelchen Auszeichnungen lag.

Kurz vorm Jahreswechsel bekam sie eine Mail von Brest. Im Anhang befand sich der Totenschein von Karola Thiele. Sie war plötzlich und unerwartet auf der Krankenstation des Frauengefängnisses in Boston einem Herzversagen erlegen.

Der Doktor, der den Totenschein ausgestellt hatte, war italienischer Abstammung.

ENDE

DANKE

Haben Bente Brodersen und ihr Team Ihnen ein paar spannende Stunden beschert und hat Ihnen die Geschichte um die friesische Hauptkommissarin auf Sylt gefallen? Wenn ja, freue ich mich über eine Bewertung auf amazon, gern auch mit einigen Zeilen!

Als gebürtige Nordfriesin verbrachte ich viele Wochen mit unterschiedlichen Jobs auf Sylt und bis heute ist kein Jahr vergangen, in dem ich nicht mindestens für einen Urlaub dort war. Ich hoffe, Ihnen die Schönheit dieser Insel ein bisschen vor Augen geführt zu haben.

Liebe Leser*innen, empfehlen Sie mich gern in Ihrem Freundes- und Bekanntenkreis und teilen Sie den SYLT-KRIMI auf Facebook, Instagram, etc... Sind Sie gespannt, wie es weitergeht mit Bente Brodersen auf Sylt? Dann folgen Sie KRINKE REHBERG auf amazon, damit Sie über Neuerscheinungen informiert werden!

DANKESCHÖN,
Ihre Krinke

Verpassen Sie keine Neuerscheinung! Einfach im Newsletter eintragen:
www.krinkerehberg.com

Lesen Sie weiter...

Prolog

Vor 30 Jahren

Über den Fernsehbildschirm liefen die Bilder von tausenden fröhlichen Menschen, wie sie die Grenze zwischen DDR und BRD passierten. Überall war das Victoryzeichen, die gespreizten Zeige- und Ringfinger, zu sehen. Im Scheinwerferlicht saßen die Menschenmassen auf der Berliner Mauer und schwangen die mitgebrachten Werkzeuge, um dieses Verbrechen gegen die Menschlichkeit zu zerstören.

Die Stimme des Nachrichtensprechers ging in dem lautstarken Jubel unter. Plötzlich verfärbte sich das Bild rot. Helles Blut rann die Mattscheibe herab.

Die vom Nachbarn gerufenen Polizeibeamten brachen die Wohnungstür auf und sahen ein Kind, das mit starrem Blick die Feier des Mauerfalls im Fernsehen verfolgte. Davor lagen zwei blutüberströmte Leichen.

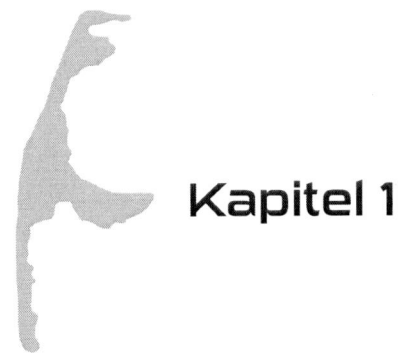

Kapitel 1

Der Sturm hatte sich zurückgezogen und tobte sich weit draußen über der Nordsee aus. Geblieben war der strömende Regen. Eine einzelne Möwe stürzte sich kreischend auf einen nackten, leblosen Körper.

Karsten Teel startete den Motor. Es war halb sechs, kurz vor Feierabend, und die Nacht hatte nicht viel eingebracht. Diese Tour nach Hörnum würde seinen Stundenlohn ausgleichen. Wahrscheinlich wollte die junge Frau den frühen Zug aufs Festland nehmen.

Er steuerte sein Taxi die Hörnumer Landstraße entlang. Die Dämmerung setzte langsam ein und die Scheinwerfer warfen eine Lichtschneise in den dichten Regen.

Kurz vor Hörnum stand eine Person mitten auf der Fahrbahn und winkte mit erhobenen Armen. Erschrocken trat er auf die Bremse und sah die barfüßige Frau zur Seite springen. Ihr rotweißgestreiftes Kleid war völlig durchnässt und von ihren blonden, langen Haaren tropfte der Regen.

Karsten Teel schaltete die Warnblinkanlage ein und stieg aus.

Kapitel 2

Bente spazierte mit ihrer Hündin durch die menschen-
leere Stadt. Der Regen störte weder sie noch Ulrike.
Labradore waren für das Apportieren aus dem Wasser ge-
züchtet worden und Bente war wetterunempfindlich. Sie
mochte das raue Klima der Insel und die morgendliche Stille.
Dennoch plagte sie immer häufiger das Gefühl, eine Entscheidung treffen zu müssen. Die Abende und Nächte bei
Erik zu verbringen und jeden Morgen zum Duschen in ihre
eigene Wohnung zu gehen, war kein Dauerzustand. Aber
alles in ihr sträubte sich bei der Vorstellung, gemeinsam mit
Erik zum Dienst zu gehen. Natürlich wussten die Kollegen
von ihrer Beziehung, hielten sich aber wohlweislich mit an-
züglichen Kommentaren zurück. Zumindest ihr gegenüber.
Als Dienststellenleiterin der Kripo Sylt hatte sie sich in den
letzten Jahren zwar bemüht, zu einer Teamplayerin zu werden, aber ihr Privatleben schottete sie nach wie vor herme-
tisch ab. Wäre Erik nicht Polizeiobermeister und damit ein
Kollege, könnten sie eine gemeinsame Wohnung suchen und
sich nach dem Frühstück einen schönen Tag wünschen. So
aber musste sie sich den ganzen Tag darauf konzentrieren, ihr

Privatleben aus dem Polizeialltag herauszuhalten. Auf keinen Fall durfte es Gerede geben, das hatte sie gelernt!

Sie schloss ihre Wohnungstür auf und öffnete den Kühlschrank. Während sie einen eingeschweißten Beutel Futter aus dem Froster in das untere Fach und den bereits aufgetauten Beutel auf die Arbeitsplatte legte, fiepte Ulrike aufgeregt. Bente grinste zufrieden. Seit fünf Wochen barfte sie. Dieses Futter, bestehend nur aus Fleisch und Kochen war eine Wissenschaft für sich, aber sie hatte sich eingelesen. Mittlerweile konnte sie sich nichts anderes mehr vorstellen.

Während Ulrike fraß, stieg sie unter die Dusche.

Eine halbe Stunde später betrat sie das Büro in der Stephanstraße. Sofort stieg ihr frischer Kaffeeduft in die Nase.

»Hansen, was machst du hier?« Sie war es gewohnt, dass der ehemalige Dienststellenleiter regelmäßig und unangekündigt in der Wache auftauchte, aber dass er als Erster hier war und Kaffee kochte, war noch nicht vorgekommen.

Er brummte durch seinen dichten grauen Bart:

»Ich habe Neuigkeiten!« Er reichte ihr einen großen Pott Kaffee.

Ulrike stupste ihn mit der Schnauze an. »Für dich habe ich auch was«, lachte er und fischte eine ungewürzte Frikadelle aus der Tasche.

Heike und Klemme kamen gemeinsam zur Tür herein. »Hansen, was ist los, senile Bettflucht?«, grinste Heike.

»Er hat Neuigkeiten«, klärte Bente ihr Team auf, als die Tür sich wieder öffnete und Timme ins Büro trat.

»Neuigkeiten?«, fragte Timme schelmisch.

»Gibt's das als Rentner noch?«

Hansen wischte demonstrativ mit dem Handrücken über seine Schulter. »Lästert ihr nur, das perlt alles an mir ab!«

»Okay, das müssen ja tolle Neuigkeiten sein, wenn du so eine Gelassenheit an den Tag legst«, wunderte sich Bente.

»Nun mach schon! Spann uns nicht auf die Folter, was ist los?« Heike verteilte Kaffee an ihre Kollegen und ließ sich auf den Schreibtischstuhl fallen.

Hansen setzte sich auf die Kante von Klemmes Schreibtisch, als Eriks Kopf in der Tür erschien.

»Das ist ja wie auf'm Bahnhof hier!«, grummelte Hansen.

»Moin, zusammen«, grüßte Erik und ließ seinen Blick kreisen. Er verlor nie ein Wort darüber, dass Bente morgens fluchtartig seine Wohnung verließ, was sie ihm hoch anrechnete.

»Du kommst gerade richtig, Hansen hat Neuigkeiten!«, zwinkerte sie ihm zu.

»Ich fürchte, die müssen warten«, schüttelte er ernst den Kopf.

Bente hob fragend die Augenbrauen und sah ihn alarmiert an.

»Am alten Schöpfwerk in Keitum wurde eine Leiche gefunden!«

Das war

SYLTKRMI
Sturmgrab

Zwei Morde.
Zwei tote Mädchen.

Krimi

ISBN: 978-3947738267

www.kampenwand-verlag.de

ANDREA REINHARDT

GEFÄHRLICHE ANGST

THRILLER

KAWA

Albträume, Rache und perfide Fantasien

Krimi

ISBN: 978-3947738212

www.kampenwand-verlag.de